光文社文庫

Bランクの恋人

平《たいら》　安《あ》寿《す》子《こ》

KOBUNSHA

光　文　社

目次

Bランクの恋人

1

モテるかモテないか。それは人生の大問題だ。

ストーカーになったあげく、一途《いちず》に惚《ほ》れ込んだ相手を殺すような非生産的な男は百パーセント、モテたことがないやつだ。モテたことがないから、たまに付き合ってくれる女にぶつかったら運命の人と決め込んでしまう。もっとひどいのになると、付き合ってもいないのに妄想《もうそう》の中で運命の人にして、つけ回して、自分のものにする唯一の方法として相手の存在を抹殺《まっさつ》する。

モテない現実に立ち向かえず、妄想の中に逃げ込んで、あげく妄想に人生そのものを食われて気がついたらムショの中だ。愛したつもりの女は、つけ回して顔を見たくても、もうどこにもいない。哀れだねえ。ああは、なりたくない。

男は仕事だ？　女に惚れられるより、男に認められる男になりたい？　冗談じゃない。そういうことを言えるのは、モテてるか、でなければ幸運に恵まれて結婚してるやつだ。こんな男にも妻がいるって程度だがね。

とにかく、モテない男でいることくらい、自分として恥ずかしく、許し難いことはない。

俺はそのことを潔く認める。

俺、七塚次郎《ななつかじろう》。二十八歳。独身。モテてるよ。モテない男でいるのなんか、やだもん。今だってデートの真っ最中で、しかも相手の女にこんなこと言われてる。

「次郎、今、他《ほか》の女の人のこと、考えてたでしょう」

「そんなことないよ」

「嘘《うそ》」

「まーた、決めつけるんだから」

へらへら笑ってみせるけど、目の前の女は怖い顔でじっと俺を見る。

「わたし、この頃、次郎の言うこと信じられない」

「そんなこと言われてもなあ」

おまえ、最初から俺が何か言うと「ほんと?」って疑ったじゃないか。不意打ちで電話かけてきて「今、何してるの」「どこにいるの」「誰といるの」。いっつも質問攻めだ。

まったく、うっとうしいんだよ。

と、心の中で言って、顔では感じよく笑う。このテクニックは営業マンの必須項目。俺は達人よ。毎日やってる。「いやぁ、厳しいなあ、部長。そんなこと言わずにちょっとだけ付き合ってくださいよ。価格面もうちょっとなんとかするよう、上に掛け合ってみますから」

で、ニコニコ笑いながら腹の中で蹴飛《けと》ばしてる。

このうすらはげの、出っ腹の、みっともねえオヤジめ。おまえなんか、立場の弱い取引先いじめるくらいしかストレス解消法ないんだろ。これ以上出世の見込みはなく、不細工な女房に頭があがらず、できの悪いガキどもに稼ぎをはしから食い物にされて、たまに女の子にモテたいと思っても金を使わなきゃ相手にされない。だけど、肝心の遊ぶ金がない。ああ、わびしいねえ、惨《みじ》めだねえってなもんだ。

そんなつまらないオヤジに頭下げるのは惨めじゃないのかって？

ぜーんぜん。だって、俺、ガールフレンド一杯いる、いけてるやつだもん。どんなにいばりくさったって、モテない男には三文の値打ちもないんだよ。

ま、モテるからこその苦労もあるんだけどね。この女、珠恵《たまえ》みたいなしつこくて嫉妬《しっと》深いのにつかまると、ほんと、めんどくさい。

「さっきも、映画館でずっと寝てたでしょ。いびきまでかいて、わたし、恥ずかしかった」

うつむいて、悲しげに眉《まゆ》を曇らせる。お雛《ひな》さまみたいにちんまりまとまった、ちょっと陰気な顔。付き合い始めは今時珍しい純和風の顔立ちが色っぽく見えて、こんな風にすねられるとぐっときて、嬉《うれ》しかったもんだ。だけど、半年も同じ調子でグズられると疲れてかなわない。せっかく晴れ渡った青い空の下、オープンカフェのテーブルで向かい合ってるのに、背中丸めてアイスカフェオレかき回しながら恨みがましい上目遣いで文句言われるのって、ほんと興ざめだ。着てるものも、だせぇしな。丸首ニットにカーディガンにスカート。カーディガンのボタンはお花の形だ。花だのリボンだのついてても、こういうコンサバ系の服着ると女って老けて見えると思わない？　珠恵も二十七歳なんだけど、若々しさがないんだよな。もっとも、最初はこの格好を「こういうのを、清楚《せいそ》っていうんだよな」なんて感心してたんだから、あの頃は幸せだった。とか他人事みたいに思いながら、口ではスルスル言い訳をする。

「ごめん。だけど、仕事忙しいからさ。昼間っから暗いところ入ると、つい」

「久しぶりのデートなのに」

「悪い。だけどさ、本来なら俺この時間、営業に出てることになってるわけだから」

「仕方ないじゃない。わたしのお休み、水曜日って決まってるんだから」

珠恵は遊園地で働いている。案内所でお知らせの園内放送をしたり迷子《まいご》の世話をしたりする、一応アテンダントっていう立派な名前がついているらしいが、まあ、ガイドのお姉さんだ。土日は稼ぎ時だから、従業員の休みは平日だ。普通のサラリーマンとは時間が合わないから、なかなかデートできない。そのせいで、いくつか恋の芽がつぶれた。と、本人は勤務形態のせいにしている。

俺は外回りしてなんぼの営業マンだから、時間の融通はきく。だから、珠恵の定休日に仕事をほったらかして付き合ってやってるのだ。最初はそのことに感激していたくせに、二カ月過ぎた頃にはもう文句が始まった。思ってたよりずっと、わがままな女なんだ。

「なんか、この頃、つまんない」

珠恵は当てつけがましく、ため息をつく。

だったらさあ、別れようか。これは俺の心の声。口では「うん」と、どうとでもとれる生返事を返す。自分のほうから、別れるとかやめるとかは言わない主義だ。そのほうが無難だから。女の気持ちなんて、どっちに転がるかわからないからね。

「次郎、わたしたちのこと、どう考えてるの」

「どうって」

「真剣に考えてる?」

「考えてるよ」

「どんな風に」

「だから、珠恵ちゃんと会えて幸せだなあって」

「ほんと?」

「ほんとだよ、あ、電話だ。まずい、会社からだよ、ちょっとごめんね」

上着の胸ポケットから出したケータイを握りしめて、席をはずした。

やれやれ。ケータイはどんなときもマナーモードにしてある。これの開発には、ほんと感謝してる。無粋《ぶすい》な着信音でデートの邪魔をされないだけでなく、今みたいに座をはずしたいとき、着信したふりができる。で、念のために男子トイレに入ってメールチェック。

お、詩子《うたこ》先生からだ。きのうはどうもありがとうだと。どういたしまして。

昨日は詩子先生のピアノ教室の発表会があって、俺はボランティアでビデオ収録係を引き受け、終わったあとで夕飯ごちそうになって、それから詩子先生のマンションで朝まで頑張った。それが、本日映画館における爆睡の原因。本当なら、珠恵とのデートはキャンセルしたかったんだけど、そうはいかない。この間も、思わぬダブルブッキングがあってドタキャンしたしな。そのときは、マジ、仕事のほうで部長と一緒に取引先に行かなきゃいけなかったんだけど、珠恵は信じなかった。だから今回は顔だけでも見せとこうと、疲れた身体《からだ》に鞭《むち》打ってお付き合いしてるわけ。

他にもメール入ってるな。早苗《さなえ》とミサと亮子《りょうこ》、あ、七海《ななみ》だ。

今夜、カラオケ付き合えってさ。仕事でへこんだな。彼女は広告代理店のプランナー。ショートカットでニュースキャスターみたいなスーツ着てハイヒール履《は》いてる。ケータイとモバイルギア持って、胸張って自信満々て顔で歩く女だ。三十過ぎで、顔はペタンコだけど自信ありげな表情のせいでブスっぽくはない。だけど、広告代理店ったたって、社員八人くらいのちっちゃい会社で、やってる仕事は商店街の秋祭りにどんなイベントするか、予算は三十万円で、みたいなもんだよ。それでキャリアウーマン面《づら》されてもなあ。だけど、そのキャリアウーマン気分が七海を支えてるんだから仕方ない。

だから七海とお付き合いするときは、仕事で頑張ってるあんたは偉い、だけど、素のあんたは可愛《かわい》い女だ、こういうことをちらちら言ってやる。そんなこと言うの、俺だけだぜ。だから、七海は俺を大事にしてる。俺の誘いは絶対断らないし、ときどき金も貸してくれる。言っとくけど、借りた金は返すよ。女に金もらうと、関係がねばつくんだよ。こっちは負い目感じるし、向こうは根に持つしね。俺はジゴロってタイプじゃない。そのことは承知してる。普通の男です。ちょっと人よりモテるだけ。悪いね。

だけど、七海もめんどくさいんだよな。珠恵みたいに嫉妬深くはないんだけど、プライド高いから扱いが難しい。呼び出しかかったら万障繰り合わせて応じないと、機嫌が悪くなって怖いんだよ。会社まで押しかけてくるからな。「ちょっと、打ち合わせしたいことがあるんですけど」と表向きは仕事がらみ。一応ウチの会社とは取引あるから打ち合わせっていう言い訳は立つんだけど、あとから上司に「なんの話だ」って追及されて、つじつま合わせるのにえらく苦労した。ああいうことされると、ほんと、参るよな。俺は仕事人間じゃないけど、サラリーマンだから立場ってものはあるよ。七海の困るところは、そういうことを承知のうえで、いやがらせをやる頭があること。この女とも、別れてもいいんだけどな。

お、マダム谷口《たにぐち》だ。この人はいいよ。四十過ぎの中学校教師で人妻なんだけど、さばけてるのなんの、遊びは遊びと割り切ってるから付き合いやすい。この人には俺、わりとほんとのことしゃべるんだ。付き合ってる女の子が一杯いることや、それにまつわる苦労話なんか。ま、結局自慢してるんじゃないって笑われるんだけどね。でも、他の女には言えないことばっかりだから、この人に洗いざらいしゃべるのって俺にとってはガス抜きなんだな。

メールの内容はたいしたことない。昼に何食ったとか、同僚の誰かれがむかつくこと言ったとか、小学生レベルの無駄話。でも、こうしてチェックすると安心するね。おお、よしよし、まだみんな、俺のこと気にしてるなって実感する。縄張りをパトロールする猫みたいなもんよ。一日一度は確認しないと、安心して眠れない。

てことで、珠恵に戻る、と。

「悪い。ちょっとしぼられててね。この頃、成績あがらないから」

思いきりしょげた顔。珠恵のふくれっ面がいっぺんにしぼむ。

「大丈夫なの？」

心配そうに顔を寄せてくる。母性本能が強いっていうか、根が優しい子なんだ。こういうところ見せられると、別れるのはもったいないよなあと思う。

「頑張ってるけどね。景気悪いだろ。イベントとかぐっと減ってるしさ。アウトドアブームも下火だし」

俺の会社はテント屋。イベント用の大物からアウトドア向けの普及品、はてはテント地で作ったバッグまで製造販売ならびにレンタル事業をしている。俺は営業マンで、珠恵とは遊園地に出店する屋台のテント設置に立ち会ったときに知り合った。他のガールフレンドとも、ほとんど仕事がらみできっかけをつかんだ。俺がこんなにモテてるのも、いろんなところに顔を出す営業って仕事の役得だと思う。

みんな言ってるだろう？　出会いのチャンスがないって。仕事してると、結局自分の周辺五百メートルくらいしか世界が広がらないから、ほんと、恋愛するのも至難の業《わざ》だよな。なにしろ生活してくのがやっとで、昔の貴族みたいにしょっちゅう舞踏会開いてお相手探しにうつつを抜かす、みたいな優雅な真似《まね》はできないんだから。自由になる時間も金もない、資本主義社会に生きる一般人はつらいよ。そんな中で、モテる男でいるのはけっこう大変なんだ。

「ウチも大変よ。みんな、どうせ行くならディズニーランドみたいな大型テーマパークって流れになってて、ウチみたいなちっちゃいところは節約の対象なのよね。いつ潰《つぶ》れるかって、みんな戦々恐々なんだから」

「どこも苦しいんだ。ニッポンは一体どうなるんだろう」

「そうよねえ。政府は何をしてるのかしら」

ああ、よかった。珠恵の不満の矛先《ほこさき》が政府に向かった。これで俺はお咎《とが》めなしだ。と、思ったら……。

「そんな風だから、わたし、この先のことちゃんと考えたいのよ。今の仕事、どうしても続けたいほど好きなわけじゃないし」

またしても、というか、さらにパワーアップした「恨めしや」の目つき。やべえ。まさか、結婚したいなんて思ってないよな。冗談じゃないぜ。

2

俺がモテるなんて、あってはならないことだ。と、会社の連中は思ってるらしい。たいしたツラはしてないし、仕事だって半人前で金もない。あんな野郎がモテるはずがないんだ。あいつより自分のほうがよっぽどましなのに、なんでなんだってなもんよ。男のやっかみほど、いやらしいもんはないぜ。俺なんか、村八分状態。飯食うとか飲みに行くのなんて誘われたためしがない。おまえら、中学生かよ、わかりやすいいやがらせしやがって。俺は平気だけどね。あいつらが俺の悪口で盛り上がってる間、こっちは女の子とデートなんだから。

そりゃ、俺は一般的にいうモテるための三種の神器――顔、金、権力――どれも不自由してる。かろうじて、顔がまあまあくらいかな。だけど、ハンサムってほどじゃないくらいは自覚してるよ。十人並みより、ちょい落ちるから十五人並みの、いたってインパクトに欠けるのっぺりした顔してます。可もなく不可もないから、いっぺんさっと会ったくらいじゃ印象に残らない。だからこそ、作戦立てて努力してるんだ。

イベントなんかがあると、営業がらみのテント設営だけでなく、関係ない部署のお手伝いもまめにこなしながら、協賛企業のおねえさんからアイスクリーム売りのバイトの子までまんべんなくチェックして、声かけて拾って歩く。

といっても「彼女、お茶しない」てな、通りすがりのナンパみたいな声かけはしない。あくまで、イベントの関係者として業務の一環らしい顔して近づいて、話して、仕事大変だねかなんか言って、飲み物差し入れたりして、なじんでもらって、イベント終わったら打ち上げしませんかといくだろ。それで飲み食いして、相手のことといろいろ持ち上げて、気に入ってもらって、ケータイの番号聞いて、それからしずしずとデートに誘ってという段取り。

仕事がらみで出会うのって、いかにも自然な感じじゃない。なにしろ、こっちの身元が信用できる（かどうかはあやしいもんだが、不景気のきょうび就職してるだけでもたいしたもんだ）から、相手の気の許しようが違う。

それに女のほうだって、なんとかして付き合う相手が欲しいと鵜《う》の目鷹《たか》の目だ。身近で調達できればそれに越したことはないが、たいていの女は近くにいる男に食傷してる。同じところで働いてれば、いろんなところを見るもんな。男のほうだって、職場の女にいちいち気を遣っていられない。仕事は楽じゃないもん。ストレスたまれば八つ当たりしたり、たまには失敗の責任をなすりつけたり、時間外の仕事押しつけたりするさ。仕方ないじゃないか。男が生きてくのは、めちゃめちゃきついんだ。

なんだかんだ言ったって、いまだに男が矢面に立たされる世の中だからな。テレビなんかで不細工なババアが「男社会の弊害がナンタラカンタラ」言うのを聞いてると、「その男社会のおかげで俺らがどんだけ苦労してるか知ってるのか、クソババア」と画面に向かって怒鳴ってるよ、俺。頼みもしないのに責任ある仕事をしょわされてさ、結婚すりゃあ家族を養うのが当然の義務だって世間がプレッシャーかける。男に生まれたってだけでだよ。不公平だよな。ＯＬとか主婦とかになって、お茶くみやったりコピーとったり、子供産んで家ん中で掃除したり洗濯したり飯作ったりばっかりしてりゃいいっていう暮らし、したいよ、マジで。

えーと、なんだっけ。あ、そうそう。テント屋の営業マンだから、いろんな女と出会いやすいって話ね。悪い悪い。俺、話がよく横にそれるってガキの頃から言われてんだ。集中力がないとかさ。飽きっぽいよ、確かに。でも、新規開拓には情熱を燃やす。だから、営業マンに向いてるんだよ。営業の仕事もナンパも基本は同じ。

とにかく、まめに声をかける。

アプローチの手段としては、たいしたもんじゃないよな。それくらいのことで女の子がザックザク手に入るんなら苦労はしない。そりゃそうだ。だから肝心なのは、相手をよく見極めること。まめにといったって、片っ端から声かける「下手《へた》な鉄砲も数打ちゃ当たる」方式はダメ。効率が悪いだけじゃなく、こっちの評判に関わる。あくまでも、選んで一発でゲット。そうじゃなきゃ、モテてることにならないだろ。

じゃあどうするかというと、こいつなら獲《と》れそうだ、そういう相手に向かって引き金を引く。いいたとえでしょ。ナンパは狩猟なんだよね。

で、獲りやすいターゲットは――あんまり男に縁のなさそうな女。

そんなの、獲れても嬉しくないって？　そう思うのが素人《しろうと》だってんだよ。

男に縁のなさそうな女、イコール、世にもまれなブス、と思うのは間違いよ。そこそこ見られるんだけど、そこそこ止まりの女ってのが意外と男いないんだよ。点数つけるとしたら、百点満点の七十八点てとこ。平均点は超えてる。ちょっとだけね。その程度の女に限って、自分のこと八十五点はいってると思ってるんだよな。だから、モテてしかるべきだ、モテないのはおかしい、男に見る目がないと思ってるんだよ。そのうえ、相手を選ぶんだよ。自分のこと、いいと思ってるから妥協するつもりはないって、へんにプライド高いのな。で、結果的に、いつも男がいない。

あの思い込み力は、かなりのもんだ。女が読む週刊誌には必ず「女優顔になるメイク」だの「モデルに学ぶ着こなし術」っていうタイトルの特集がある。顔が違ってたら、化粧法や服真似たって無駄だろうよ。

女優の写真持って美容院行って「これと同じにしてくれ」なんて、よく平気な顔で言えるもんだと感心するよ。なまじヘアスタイルなんか似せたら、顔が違うのが目立つってのがわからないのかな。

虚《むな》しい努力するなよ。へんにいじらず、自分のそこそこ度をよく認識して謙虚になってりゃ、同じくらいそこそこの男と結ばれるってのにさ。

ま、とにかく、そういう七十八点レベルの女が、毎日毎日出会いを求めて、餌《えさ》を求める池の鯉《こい》みたいに口パクパクさせてるわけ。

そいつらに、さりげなく声をかける。

「ダメモトで訊《き》いてみるんだけど、今度夕飯でも一緒してくれないかな」

もう、とっても恥ずかしそうにお願いするんだ。下手《したて》に出るのがテクニック。それじゃモテたことにならないと思うのも、モテない野郎の思い込み。女にはこっちから声をかけてやるのがマナー、くらいの余裕でかましてやらなきゃ。

「付き合ってる人とかいるだろうけどさ。この仕事終わったら、もうきみの顔見ることなくなるんだなと思ったら、なんか、ちょっとね。ごめんなさい。困るよね、いきなりこんなこと言われて」

さりげなく、相手の自尊心をくすぐるヨイショと礼儀をわきまえてることのアピール。押して、引く。これ、ハイテクよ。そして、寂しげな微笑を浮かべる。七三の構えで目を伏せて、彼女を、こう下から見上げる感じでね。

この、寂しげな感じが大事ね。女は、寂しそうな男に弱い。わたしが守ってあげなくちゃ。そう思わせたら、もうこっちのもん。あ、言っとくけど、寂しげな表情、難しいよ。下手すりゃ、腹具合でも悪いのか、でなきゃ因縁つけてんのか、みたいな渋い顔になっちまう。ここは頑張って、毎日鏡の前で練習。デジカメで写真撮って、研究するのもいいかもな。実際、俺、そうやったもん。今でも、そうよ。日々研鑽《けんさん》を積んでるよ。モテようと思ったら、努力しなけりゃ。なんにもしないで素のままの自分でモテたがってるなんて、そりゃ傲慢《ごうまん》というものですよ。

3

というわけで、訓練と努力で常時十二、三人はいるかな、誘えば応じてくれて、最後は必ずセックスでしめるって間柄の女は。入れ替わりはあるよ。大体、自然消滅。あっちに別口ができたり、なんかお互い飽きたりで。つまりさ、二十五歳より上の女だと、こういう付き合い方が普通だってこと。寝たら結婚まで行くなんて、誰も思っちゃいない。

そんなのは、恋愛じゃない？　確かにそうだ。俺だって、恋だ愛だなんて言ってやしない。俺はモテたいんだ。恋人が欲しいんじゃない。

モテるって、そういうことだろ。恋多き女だの、モテる男だのの中味をよく見たら、そこに本当の恋愛関係があるかどうか疑問だと思うな。

モテるっていうのは、魅力があるってことだ。オスとして、メスを惹《ひ》きつける力がある。惹きつけて性交に至るけど、その過程に実は愛という感情は必要ない。

愛なんて関係ないんだ。モテる、イコール、オスとしての力の証明。男がモテるか否かになぜこだわるのか、これでわかるだろう？

男の価値がかかってるからこそ、モテてるヤツは心底憎い。だから、社内で俺は嫌われ者だ。誰も正面切って「女紹介しろ」なんて言ってこない。言いたいくせに。社内の女の子にも評判悪い。気を遣わないから。だって、会社の女の子なんか女房役じゃん。気なんか遣ってられるかよ。というわけで、会社にいるときの俺は孤独だ。話しかけてくるのは外部の人間と決まってる。

うちの会社の取引業者で、キャンプ場で野外活動のインストラクターをしてる佐野《さの》って男が、俺に「七塚さん、モテるんですってね。羨《うらや》ましいなあ。自分、ずーっとボーイスカウト系のライフスタイルしてたら、女の子と出会うきっかけなくしちゃって、来年三十っすよ。もう崖《がけ》っぷちです。恥も外聞もありません。誰か一人、まわしてもらえませんか」と言ってきた。

「アウトドア志向の女、多いらしいじゃないですか。インストラクターなんて、モテモテでしょ。佐野さん、いい身体してるしさ」

「それが七塚さん、うちのキャンプ場、ファミリーかお子さま専門でね。たまに女の子が来ると、たいてい男付きなんですよ。それに、自分、女慣れしてないから、女のお客さん来るとあがりまくって逃げ腰になっちゃうんですよ。情けないんすけどね。自信がないもんで。だけど、このまんまじゃ、一生女の子と接点ないぞって危機感で一杯で。最初からそのつもりで、お見合いみたいな感じで会ったほうがいいと思ったんです。でも結婚紹介所みたいなのは、いいのがいないような気がするじゃないですか。友達の友達みたいな感じで、さりげなく出会いたいんすよね。と思っても、自分のまわりにいる女友達がいそうな男って、七塚さんしかいないもんだから」

と、ストレートな物言いがなんか気持ちよくて、女を紹介してやる気になった。

そう、あの珠恵だ。この頃「本当はわたしとのこと、どう思ってるの」とか「ご家族の話、どうしてしてくれないの」、それから「三十までに子供産みたい」「専業主婦になる気はないの。こういう時代だから、家計を助けるくらいには働く主婦をやるつもりよ。わたし、贅沢《ぜいたく》したいなんて思わない。ただ、幸せになりたいの」

こんな風に発言がじりじり、結婚方向ににじり寄っていくのがなんとも不気味。そんなに俺のことが好きなのか？　俺を独占したいのか。

その気持ちの重さが、嬉しいのを通り越して怖くなってきた。だから、佐野に振ってみようかなと思いついて、言ってみた。

「そうだな。いい子がいるから、一応声かけてみるよ。承知するかどうかわからないけど」

「どんな子ですか」

「楚々《そそ》とした和風の美人っていうのかな。遊園地で働いててね。彼女も男と付き合う機会がないって嘆いてたな。カップルを見るばっかりで情けないって」

「わあ、おんなじだ。歳《とし》、いくつですか」

「二十七」

「いいじゃないですかあ」

「だろ？　話、合うかもな。ちょっと言ってみるわ」

そうはいっても、珠恵がOKしないだろうなと思っていた。他の男を紹介するなんて、もうおまえとは別れたいとはっきり言うよりタチが悪いよな。俺だって、そこまでいやな男になりたくないよ。そこでこういう言い方をした。

「珠恵ちゃんのこと話したら、どうしても会いたいって友達がいてね。ほんと、申し訳ないんだけど、僕の顔を立てて、会うだけ会ってやってくれないか。悪いやつじゃないけど、会っていやだったらさっさと帰ってきてくれたらいいんだ。あとのことは僕がうまくやるから。ほんと、ごめんね。性格のいい可愛い女の子なんだって自慢した僕が悪いんだ」

そしたら、珠恵はまんざらでもないって顔で承知した。

で、珠恵のケータイの番号を佐野に教えて、あとはほっといた。

佐野はすぐに電話くれたよ。

「いい人ですねえ」って、とろけるような声だ。

「ほんと、横顔がきれいでね。自分、見とれちゃいましたよ」

これには、俺のほうが驚いたよ。横顔がきれい？　そうだっけか。楚々とした和風美人って紹介したのは仲人口《なこうどぐち》ってやつで、そう言えないこともないって程度だと俺は思ってる。お雛さまみたいではあるけど、長いこと押入にしまい込まれてかびくさいっていう注釈付きだ。まあ、女日照りの佐野にとっては、それでも十分きれいに見えたんだろう。

「ふーん。で、どこでデートしたの？」

「ホテルのラウンジで待ち合わせて、映画見て、焼鳥屋で飯食いました」

「最初のデートで焼鳥屋」

「珠恵さんが、自分がいつも行くところでいいって言ってくれたもんですから。もう、その一言で自分の気持ち、決まりましたよ。一応、女の子の好きそうなレストラン、チェックはしといたんですけど、やっぱり行きつけのところはリラックスできますもんね。ああ、この人なら自分をよく見せようと無理することないんだと思ったら、もう、それだけで」

佐野は感極まったように、絶句した。言う言葉もないくらい、感動しているらしい。まあ、珠恵はそういう気の回し方ができる女ではあるんだ。第一印象は、いい。あとが怖いってやつ。

「で、どう、感触は。うまくいきそう？」

「と思うんだけど」

ああ、嬉しげな笑いを含んでべたべたした声。佐野が日焼けした顔を赤黒く染めて、身をよじって照れる様子が目に浮かぶ。

「またねって別れただけで、約束はしてないから。でも、電話してみるつもりです」

「あれ、次のデート、まだ決めてないの」

「なんか、すぐには言い出せなくて。でも、頑張ります」

てことは、珠恵はうまくかわしたんだと俺は思った。ちょっと気になったから、珠恵に電話して「どうなった」って訊いたら、あの女、「あら、次郎に報告する義務があるの」なんて生意気なことを言いやがった。

「そういう言い方、しないでよ。珠恵ちゃんにいやな思いさせちゃったかもって、これでも心を痛めてるんだから」

「だったら、もう痛めないでね。なんにも心配しないで」

「どういう意味よ」

「言葉通りよ。わたしのことは心配しないで」

「怒ってる?」

「ふふん」

なんと、珠恵は鼻で嗤《わら》った。

「もう、どうでもいいじゃない、どっちだって。わたしのことが知りたかったら、佐野さんに訊いて」

「あいつと付き合うって決めたの?」

「だから、彼に訊いて。じゃあね」

気を持たせやがって。七十八点のくせに八十五点気取りの女のいやなところは、これだ。へんに気取りやがる。

まあ、いいさ。つまり、俺のしたことを怒って、懲《こ》らしめてるつもりなんだろう。珠恵なんて、どうせ二十三番手くらいの女だ。しばらくほっとこう。

ストーカーに落ちぶれるやつとモテる男の違いはここだ。モテる男は、深追いしない。追えば逃げる。逃げれば、追ってくる。男と女のセオリーだ。千年くらい前から、ずーっと変わらない。

人間て、ぜーんぜん、進歩しないのな。

4

佐野の同僚という男から、電話がかかった。

「七塚さん。折り入ってお願いがあるんですけど」

なんと、女を紹介しろだとさ。驚いたよ。

「いやあ。佐野が今ラブラブで、羨ましくって。この間、可愛い女の人が佐野にお弁当持ってきてね。思いっきり見せつけられましたよ。で、佐野に訊いたら七塚さんに紹介してもらったって。七塚さん、顔が広くて、お知り合いが多いそうですね。それですいませんが、合コン仕切ってもらえたらと思いまして。佐野に限らず、私らの職場、そういうこと苦手な連中ばっかりなんで、ここはぜひオーソリティーの七塚さんにまとめて面倒見てもらえないかと」

「いきなりそう言われても。佐野さんのことはよく知ってたけど、他の人とはあんまり付き合いがないのに」

「あの、よかったら、ウチにおたくのショップ入れてもらうように社長にかけあってもいいんですけど」

「そりゃ嬉しい話ですけど、話だけで終わっちゃ、聞かされただけショックが大きいからなあ」

「ショップ入れようかって話があることはあるんですよ。ろくな装備持たないで来る素人が増えてるんで、逆に身体だけ来てくれれば必要な道具一式セッティングしておきますよ、みたいなことにしようかって。そこで、おたくのキャンピングセットとタイアップできたらって、ちょっと思いついたもんですから」

足元見やがったな。

だけど、この話に俺は浮き足だった。実は俺、女の子のご機嫌伺いに忙しくて営業成績落ち込んで、マジにやばくなってたんだ。キャンプ場のショップで販売やレンタルやデモンストレーションができたら、どのくらい儲《もう》けにつながるかはわからないけど、アイデアとしてはいけるんじゃないか。予算はあるのか、見積もりを出せとかいろいろうるさいだろうけど、とにかく何か仕事をしてるって格好はつく。合コンのメンツはガールフレンドたちに、友達に声かけてよとかなんとか言えば頭数は揃《そろ》うだろう。なにしろ、出会いのチャンスがないってのは人類共通の悩みだ。男が集まると聞けば、「ひやかしよ」みたいな顔してイソイソやってくるに決まってる。

モテるっていうのは、身を助けるなあ。俺は一応しぶってみせたけど、そこまで言われて断るのも気分悪いからって格好つけて、合コンセットしましたよ。

そしたら、なんと、かなりの盛況で三組くらいカップル誕生。ショップの話も具体化しそうで、俺は久しぶりにサラリーマンとしての面目を施した。好きでやってる仕事じゃないが、これで食ってるんだ。もう五年もやってるからテントに関しては商品知識持ってて営業し慣れてるし、顔なじみで注文出してくれるお得意さんもいる。この会社しくじって、一から出直しなんてしんどいことになるのはいやだ。新規の契約が取れると、やっぱり嬉しいよ。

すると、どこでどんな風に噂《うわさ》が流れたものやら、納入先の量販店なんかから合コンセッティングの注文が来るようになった。佐野関連の合コンに参加した女の子たちからも、二度目も呼んでねなんてメールが来る。仕事先からは見返りに新規の契約を取って、二回、三回と合コンを仕切った。

小口ながら順調に売り上げを伸ばすもんだから、上司のあたりが柔らかい。

「この頃、七塚くん、頑張ってるね。こういうご時世だ。大きな契約を取るより、地道に長く付き合っていける商売をするという姿勢がいいよ」なんて、思ってもみなかった評価をされて、戸惑いながらもニヤけてたら、今まで村八分を決め込んでいた同僚の何人かがすり寄ってきた。そして、言うんだ。

「七塚が仕切る合コン、レベル高いらしいなあ。今度声かけてくれよ」

男だけじゃない。OL連中まで「七塚さん、恋愛コーディネーターしてるって、ほんと？」。

なんだよ、それ。噂っていうのは恐ろしい。なにより驚いたことに、ガールフレンドたちがこぞって、合コンを嫌がるどころか乗り気だってことだ。俺は、俺のためと、それからちょっとした好奇心で付き合ってくれてると思ってた。だけどそうじゃなくて、本気らしいんだ。この頃じゃ、俺とのデートより合コンのほうを催促される。

「俺だけじゃ満足できないってわけ？」

あるとき、冗談めかして、その実かなりマジで、付き合って一年になる里美《さとみ》って子に訊いたら「だって、次郎くんとわたしって恋人同士っていうのとは違うじゃない。友達じゃない。だったら友達紹介し合うの、普通じゃない」と言われた。

そりゃそうだ。俺は、モテてはいるけど、こんなの恋愛じゃない、オスとしての俺がメスとしての女を惹きつけてる、そう思ってた。だけど、というより、だからこそ、それを友達という健康的な関係でくくられちゃうと、なんかショックだ。

俺はそのことを、マダム谷口に打ち明けた。そしたら彼女は俺たちがいつも利用するしょぼいラブホテルのベッドにひっくり返って、カラカラ笑った。

「オスとして惹きつけられても、用事が済んだら友達に格下げできるのがメスたる女の特徴なの。可哀想《かわいそう》なのはいつだってオス。自然界を見てごらん。メスがいなきゃ子孫を残せないオスが、どれだけ苦労してるか。次郎ちゃん、わかってるような顔して案外ウブなのねえ」

笑われてむっとした俺に、マダム谷口は追い打ちをかけた。

「その合コンとやら、ウチの先生たちにも声かけたいな。一杯いるのよ、新しい出会いが欲しくて日々ウツウツとしてるのが。こっちの人員わたしが集めるから、次郎ちゃん、学校の先生に興味ある男女、集めてよ。年齢未婚既婚不問の無礼講でやらない？　わたしたちって日頃礼節の塊《かたまり》やってるから、どこかで思いきり不道徳になりたいのよね。そういうアダルトな合コン、やりましょうよ。わたし、燃えてきちゃった」

「でも、それだと俺にはいいことなんにもないなあ」

「おたくのリュック、学校の指定にする」

「またそんな。用具の指定は教頭先生に食い込んでる業者がいるから無理だって、この間まで言ってたじゃないですか」

「業者との癒着《ゆちゃく》が問題視されてるって怪文書流す」

俺はなんか、怖くなってきた。それが顔に出たらしい。マダム谷口は声を出さず、冷ややかに目だけで笑った。

「そんなこと、するわけないでしょ」

そして、シーツにくるまって天井を見上げた。

「するわけないけど、合コン願望があるのはほんとよ。セックスがしたいだけじゃない。ほんとにみんな、出会いを求めてる。いい家庭があってもね。生活をするって、結局倦《う》まずたゆまず同じことを繰り返し、繰り返しては積み重ねるってことじゃない。積み重ねが安心できる暮らしを保障する。それはとても大事なことだけど、でも繰り返すことで自分がすりきれていくような気がするのよ。実際、すりきれるんだと思うわ。何も感じなくなっていく。心が動くってどういうことか、わからなくなる。それでいいとは、とても思えない。できたら胸のときめくような出会いがしたい。そして、生きててよかったと思いたい。いくつになっても、それはそうなのよ」

「俺とのことも、同じことの繰り返しになってきてるのかな」

「次郎ちゃんだって、そうでしょう？　わたしと会ってて、ときめく？」

「落ち着きますよ。会うと嬉しいし」

「そう言ってくれるのは嬉しいけど、会わなくなってもどうってことないでしょ。わたしもそうよ。だけど、次郎ちゃんみたいに便利に使えるボーイフレンドは常備しておきたいな」

便利に使える……。

薄々感じてはいたけど、はっきり言われると気分悪い。マダム谷口の言うことは正しい。

俺は、自分で思ってたよりずっとウブなんだ。女の本音で、こんなにあっさりへこむなんてな。

5

佐野と珠恵が結婚するそうだ。俺は縁結びのキューピッドとして、食事会に招待された。けっこう高そうな天ぷら屋の座敷席だ。断るのも口惜《くや》しいから、涼しい顔してガンガン食ってやるつもりで行った。

佐野はいつものポロシャツ姿。寄り添う珠恵も、ポロシャツを着てる。おまえら、よく恥ずかしくないな。

「おめでとう」と、俺は生ビールのジョッキを掲げて珠恵に言ってやった。佐野が相好《そうごう》を崩して「ありがとうございますう」と応じたが、珠恵は蔑《さげす》むような薄笑いを浮かべて軽く会釈しただけだった。

「もしかして、できちゃった婚？」

「いや、あはは、どうだろ。できてるかな」

からかったつもりだが、佐野は嬉しそうに珠恵を見た。珠恵は、いやねえとばかりに佐野の太い腕をつかんだ。そうか、つまり、やりまくってるわけだ。

「しかし、憎いねえ。佐野さん。僕は、てっきり珠恵ちゃんは僕のこと好きだと思いこんでたんですよ。それなのに、あっさり持ってかれちゃったよ。僕に向けてくれた優しさはなんだったのか、ああってな感じよ」

俺はふざけた口調ながら俺と珠恵が普通の間柄ではなかったことを匂《にお》わせて、いやがらせをした。まだビール一杯だけだ。酔ってやってるわけじゃない。最初から、そのつもりだった。黙って幸せを祝う気分には、とてもなれない。珠恵は、俺と一緒になりたいようなことを言っていた。こんなに簡単に乗り換えたのは、俺への当てつけとしか思えない。こんな会食をセッティングして、俺に見せつけて溜飲《りゅういん》を下げる気なんだろう。

「次郎さんのこと、好きだと思ってたわよ」珠恵は俺にではなく、佐野に言った。「だけど、あなたに会ってわかったの。本当に人を好きになるって、ううん、違うな、人と愛し合うって、こういうことなんだって。次郎さんとのお付き合いがあったから、身にしみてわかったのね。そういう意味では、次郎さんに感謝してる」

佐野はもう、どっちを向いていいかわからないといったていで、筋肉質の身体を持て余し、あげく俺のほうを見てすまなそうに頭を下げた。

「そっか。はい、わかりました。負けました」

俺はおどけて、佐野に頭を下げ返した。

それからは、俺が仕切ったキャンプ場の連中の合コン話で盛り上がった。といっても、盛り上がったのは佐野一人だ。俺は付き合って話し、笑っただけだ。珠恵はときどき相槌《あいづち》を打って微笑《ほほえ》みながら、せっせと食べていた。こりゃ、ほんとに妊娠してるのかもしれない。ときどき、俺と目が合った。お雛さまのような切れ長の目の縁が赤く染まっている。人のものになると思うと、よく見える。そういう話を聞くたびに、そんなのは浅ましいと思っていた。俺は珠恵に飽きていた。辟易《へきえき》していた。だから、佐野にお譲りしたんだ。

酒に弱い佐野が早々に酔いつぶれ、俺がトイレに行っているすきに、珠恵は帳場に支払いをすませに行ったらしい。庭に面した廊下でばったり会ったとき、俺は思わず「あれはほんとのこと？」と訊いた。

「何が？」

「佐野と愛し合ってるって。あいつは結婚相手としてはいいと思うよ。だから、珠恵ちゃんの決断は間違ってないと思う。だけど、ほんとの気持ちはどうなの。もし、俺への当てつけでこういうことをおしたのなら」

「うぬぼれてる。まだ、わたしの気持ちがあなたにあると思ってるのね」

「だって、この間まで俺と付き合ってたんだぜ」

「そうね。そして、すごく不幸だった」

「あ、そう」

「佐野さんといると安心なの。あの人はわたしのこと、好いててくれる。それがわかるから」

「そりゃもう、誰が見てもね」

「そういうの、すごく安心できる」

「でも、この間、ある人が言ってたよ。安心できる毎日だと、心がすりきれるって」

「安心できない毎日だって、すりきれるわ。同じことなら、安心のほうを確保したい。そうじゃないとこの先、生きてくの、つらい」

「ふーん。やっぱり打算なんだ」

俺は、にっこり笑ってやった。

「なんか、安心したよ。俺への当てつけで結婚するんなら、それはよくないと思ってたんだ。珠恵ちゃんにも、佐野さんにもね。だけど、その打算は建設的だ。きっといい結婚になるよ。いや、ほんと、よかった。おめでとう」

珠恵は俺をじっと見た。

「ずいぶん、回りくどい厭味《いやみ》ね」

俺は笑ってきびすを返し、部屋には戻らずそのまま出口に向かった。その俺の背中に、珠恵が言葉をぶつけてきた。

「あなたは人を愛せないエゴイストよ。自分だけが好きなのよ。そんな男、誰が本気で好きになるもんですか。あなたはね、いないよりましって程度の男よ。遊んでるつもりで遊ばれてる哀れなBランクの男なのよ。付き合ってる人、どのくらいいるのか知らないけど、どんなにたくさんいても本気で思われてないんなら、誰もいないのと同じだわ」

玄関口で靴を履いていると、後ろから「七塚さん」と声をかけられた。佐野が、部屋に脱ぎ忘れた俺の上着を持って立っていた。

「ありがとう」

受け取って外に出ると、佐野がのこのこついてくる。案外しっかりした足取りだ。つぶれたと見えたのはふりだったのか。それとも回復が早いのか。いやになるくらい健康な男だ。

「彼女、ほっといていいんですか」

「今、お茶飲んでますから。すいません、七塚さん。自分、珠恵さんが言ってたこと、聞いちゃいました」

「でかい声でしたもんねえ。店にいた人間みんな聞いたでしょうよ。気をつけてくださいね。女ってのは男の顔つぶすのなんか、なんとも思ってませんから」

「はあ。でも、自分には気持ちのいい内容でしたんで」

佐野は俺を真正面から見て、にこにこ笑っている。俺も負けずに笑い返して、軽く一礼した。

「俺からの結婚プレゼントだと思ってください」

「ええ。もう、最高っすよ。自分、モテる男って許せねえってひがんでたんですけど、さっきの聞いて、モテるように見えてても七塚さん、寂しい人なんだなってわかって、なんか、人間が大きくなったような気がします」

ほら、みろ。男の当てこすりほどいやらしいものはないんだ。特に体育会系はな。俺は大きな仕草で頭をかいてみせた。

「参ったなあ。俺、もう最低の人間みたい」

「でもやっぱり、モテるのはいいことですよ。寂しい人だろうけど、付き合う女に不自由しないと寂しいのを紛らすのも簡単ですもんね」

こいつ、何が言いたいんだ。俺は、目を細めて佐野を見た。佐野は照れくさそうに鼻の下をこすった。

「えっとですね。自分、これからも七塚さんとは付き合いがあるわけですから、珠恵さんが言ったことで気を悪くされると困るんで、代わりに謝りに来たんすよ。どうもすみませんでした」

「おお、もう、亭主の態度ですね」

「ええ。なんか気分いいすね。男になったって感じで」

これも男社会とやらが作った幻想だ。まあ、幸せになってくれたまえ。

俺は佐野と握手して、その場を離れた。天ぷら屋のある路地から表通りへと歩く。人の流れがだんだん増えていき、肩と肩がぶつかりあい、いろんな話し声が耳をかすめて行き過ぎる。

俺はぶらぶら歩いた。頭の中で、言われたことへの返答が立ち上がってくる。

誰にも本気で思われないから、俺は寂しい人間だと？　甘ったるいこと、言うんじゃねえや。一番寂しいのはな、誰かをあんなに好きだったのに気持ちが冷めた、それがわかったときだ。

俺は確かに、自分が一番好きだ。自分への愛情は変わらない。決して、冷めない。だから俺は、寂しくないんだ。

俺はケータイを取り出した。歩きながら、メールをチェックする。昌子《まさこ》に理沙《りさ》にのぞみ、詩子先生もマダム谷口も、まだ俺の手の中だ。

俺は、いつか運命の人に出会う、なんて思ってない。そんなこと、期待しない。他人に愛されないくらいで追いつめられるほど、人生そのものに絶望しちゃいない。

明日はまた、仕事がある。電話番号を聞いたばかりで、まだ連絡を取ってない女もいる。

俺は無力じゃない。それを自分に証明するために、俺は頑張るんだ。

握りしめていたケータイが震えた。誰かが俺を呼んでいる。Bランクでいいさ。そんなの、お互いさまじゃないか。大体、世の中Bランクのほうが数が多い。俺の網にかかる女の数も半端じゃないってことだ。ほら、またケータイが武者震いしてる。

七塚次郎、本日も、モテております。悪いね。

アイラブユーならお任せを

1

故春風亭柳昇《しゅんぷうていりゅうしょう》によれば、女房に「愛してる」なんて照れくさくて言えないというのは、単なる逃げ口上だそうだ。「愛してる」なんざ、簡単じゃないか。わたしなんか、毎日言っている。

あんなものは、口癖にすればいいのである。毎日毎日「愛してるよ」「愛してるよ」と声に出してお稽古《けいこ》する。すると、いとも簡単に口をついて出るようになる。ご婦人というのは、言葉を聞きたいのである。「愛してるよ」と一言聞きさえすれば、たちまちご機嫌になり、角《つの》を収める。「愛してる」の一言で家庭が円満になるのなら、こんないいことはないではないか。

お稽古なさい。ひたすら、舌に覚え込ませなさい。いったん必要が生じたときに、「愛してる」と自動的に出てくるように。

幼少のみぎりから落語に親しんできた信友《のぶとも》氏（五十四歳・自転車屋）は、敬愛する柳昇師匠の教えを胸に刻んで育った。もちろん「愛してる」の口稽古は小学五年のときからやっており、「お母ちゃん、愛してるよ」とやっては「子供のくせにいやらしい」と頭をはたかれ、同級生の美代ちゃんに試しては「エッチ」と先生に言いつけられ、担任の長沢《ながさわ》先生（未婚の三十女）に「先生のことも愛してます」と言い訳して、家庭訪問された。魚屋を営んでいた親父《おやじ》は恐縮し、先生の眼前で信友氏を殴り倒した。倒れ伏した信友氏を見て、先生は悲鳴を上げた。

「暴力を振るうなんて。口で言って聞かせればいいじゃないですか」

「先生を困らせるようなことを二度としないようにしつけるには、これが一番いいんです」

「暴力はなんの解決にもなりません。子供を殴るなんて、私は許しません」

長沢先生は跪《ひざまず》いて信友氏を抱き上げ、親父を責めた。信友氏はもちろん、むにゅっと柔らかい先生のおっぱいの感触を享受し、親父の振る舞いに感謝した。

親父は本気で殴ったのではない。殴るふりは、長男に甘いと日頃母親に文句を言われている親父が「父親らしいことをしている」のを見せつけるパフォーマンスだった。ずいぶん前に、親父と談合して決めたことだ。母親の目を盗んで、殴る倒れるの練習もした。先生がどなり込んできて、ようやく見せ場がやってきたのだ。

親父に目配せされて、信友氏は親父が腕を振り回したと同時に頰《ほお》を押さえて尻餅《しりもち》をつき、ついでに目を回してみせた。本気で心配する先生にしっかり抱きかかえられ、信友氏は柳昇師匠の教えの正しさを身をもって知ったのだった。

いわく、お稽古すれば、なんでもうまくやれるようになる。

「だから、おまえも口稽古を始めなさい」信友氏は、きわめて厳《おごそ》かに杉生《すぎお》くんに言った。

仏頂面でリムを磨く杉生くんの唇が動いた。声にこそ出さないが「アイシテル」と言ってみたらしい。杉生くんは素直である。

しかし。

「言えないっすよ、そんなこと。言ったらギャグだと思われますよ。まともにデートもしてないのに」

あーあ、もう。みたいなニュアンスを一杯に込めたため息までついた。

屈折している。無理もない。杉生くんは手先は器用だが、口は不器用だ。最近好きな人ができたのに告白できない。そのことを、ようやく雇い主であり、当地での親代わりを以《もっ》て任じる信友氏に打ち明けたところである。

信友氏の店〈自転車野郎〉は、カスタムメイドの自転車を製造販売している。十坪ほどの店舗は壁一面にさまざまな色のフレームがかけられ、床には現在携わっているものの部品が転がっている。ペイント類の揮発性物質と磨かれた金属、そして革といったいかにもメカニカルな匂いが漂う中、クシャクシャの作業着を着て野球帽を後ろ前にかぶった杉生くんが床に直接あぐらをかいて工具を使うそばを、バンダナを頭に巻き、くたびれたインディゴブルーのシャツとジーンズにデニムの前掛けをした信友氏がうろうろしながら何かとアドバイスするのが日常の光景だ。

杉生くんが恋しているのは、近所の沢渡《さわたり》薬局の娘さんだ。娘といっても三十過ぎの出戻りで、一年ほど前から実家の薬局を手伝っている。

丈夫が取り柄の杉生くんが、今年の夏、珍しく風邪《かぜ》をひいた。熱が三十七度くらいあって身体がだるいが、体力で治すつもりだった。焼き肉を食べ、キムチを食べ、サウナに行って汗を出し、マッチョにウイルスと闘ったがはかばかしい結果は得られず、鼻声で集中力を欠く日が続いた。

信友夫人のおゆきさん（由紀代という名前だが、大好きな時代小説の影響か、おゆきさんと呼べと主張している）に「伝染《うつ》されちゃ困るから医者に行け」とうるさく言われたが、医者と警察は苦手だ。ぐずぐずしていたら、医者がいやなら薬屋に行けと、おゆきさんに外につまみ出された。

それで不承不承、沢渡薬局に行った。おゆきさんに駅前のディスカウント・ドラッグストアのほうが安いと教えられたが、面倒なので近場ですませることにしたのだ。

五軒隣の店だが、入るのは初めてだった。なんとなく気後れしつつドアを開けると、すぐに白衣を着た女が現れた。長い髪を後ろで束ね、色白の細面《ほそおもて》が寂しげな印象だ。浜崎あゆみもどきのばりばりメイク娘を見慣れた目には、姉さま人形風のやや暗い雰囲気が新鮮だ。微笑みは営業的だが、笑わない目に色気を感じて、杉生くんはドキドキした。

「いらっしゃいませ。処方箋《しょほうせん》をお持ちですか」

「いや、あの、風邪をひいたみたいなんで」

「どちらのお医者さまに行かれましたか」

「いや、その、医者に行かずに治したいんで」

「ああ」

彼女は軽く頷《うなず》いた。

「じゃあ、こちらにどうぞ」

狭い店内の壁側にある陳列棚に導いた。風邪薬と書かれた貼《は》り紙の下に何種類ものパッケージが並んでいる。日頃薬に縁のない杉生くんには、目が回るような光景だ。上から下へ虚しく視線をさまよわせた。

「たくさんありますよね。この頃は、症状によって細分化されてるんですよ。お客さまはどこがとくに具合悪いんですか」

見つめられて、杉生くんは困った。どこがとくにと言われると、困ってしまう。

「風邪というのはね、粘膜にウイルスがとりつくことから始まるんです。ですから、鼻水が出るとか喉《のど》が痛いとか、でなければ下痢《げり》をする。そのうちのどの症状が出てますか」

「えっと」

杉生くんは眉《まゆ》を寄せて考えた。

鼻が詰まるような感じはあるけど、完全には詰まってない。喉がイガイガするが、咳《せき》は出ない。下痢はしてない。食欲は減っているかもしれない。食べてもおいしくないから。だけど、どれも決定的ではない。

「いや、なんか、全体的に風邪ひいてるなって感じで」

「お熱は」

答える前に、彼女の手が額に当てられた。どきっとした。ひんやりしている。それでなくても狭い通路で、至近距離で並んでいるのだ。さっきから、身じろぎするたびに肩や肘《ひじ》が杉生くんの身体をかすって筋肉の緊張を高めていた。

「ありますね」

あなたに触られて熱くなった――と思ったが、もちろんそんなことは言えない。

「じゃあ、これを試してみてください」

彼女がくれたのは、古くからある生薬《しょうやく》配合の総合感冒薬だった。

お釣りを渡しながら、彼女は教えてくれた。

「ビタミンCをとるといいですよ。それから、スポーツドリンクも効き目があります。本当ならお医者さんに行ってくださいって言うべきなんですよね。うちは処方箋薬局だし。だけど」

肩をすくめて、大人っぽく笑った。

「お医者さん苦手な気持ち、わかります。でも、風邪は万病のもとと言いますからね。無理して、こじらせないこと。風邪っぽいなと思ったら、すぐによく休んでください。そうしたら、お医者さんに行かなくてすみますよ」

「……はい」

薬局を出たときには、杉生くんはぼーっとしていた。

それから、三日にあげず薬を買いに行った。消化不良。眼精疲労。鼻炎緩和。口内炎消炎剤。整腸剤。下痢止め。鎮痛剤。消毒薬。絆創膏《ばんそうこう》。湿布薬。ビタミン剤。体温計に遠赤外線放出靴下まで買った。

「オヤジさん、どこか具合悪かったら言ってください。なんでもありますから」

ただし、水虫と痔《じ》の薬だけはないそうだ。恥ずかしくて、それだけは言い出せなかった。

「おまえ、水虫で痔なのか」

「違いますよ」杉生くんは気色《けしき》ばんだ。「水虫は、ちょっと、ありますけど」

季節ものなのでほったらかしておいたが、彼女に出会ってからは万一のときのために治そうと努力中だそうだ。そのための治療薬は、駅前のディスカウント・ドラッグストアで買い込んできたという。

「万一のときって」

「それはつまり、ほら」

「ははん。彼女の前で裸になるときだな」

「裸じゃないですよ。裸足《はだし》です」

「そこまで考えるか。告白もしてないのに」

「考えるでしょう、普通」

杉生くんは唇を尖《とが》らせた。そりゃあ、そうだ。信友氏は頷いた。通りすがりにピンと来たら、次の瞬間には服を脱がせ合うところを想像するのが普通だ。

「沢渡薬局の娘さんねえ」

にやける信友氏に、杉生くんはすがるような目を向けた。

「オヤジさん、何か知りませんか。商店街の仲間でしょ。あの人、名前、なんていうんですか。歳は」

「ここに店移して、まだ五年だからなあ。俺が来た頃はいなかったし、出戻ってきたっていうのは噂で知ってたけど、通りすがりに挨拶《あいさつ》するくらいで話したことはないんだ。沢渡のおっさんとは町内会んときなんかに話するけど、娘さんのことについて触れるのはなんかタブーになっててね。おゆきさんに訊いてみるか。女はこういうこと、詳しいぜ、きっと」

「それはやめてください」

杉生くんは即座に断った。

「おゆきさんに知られたくないんです」

「なんで」

「なんか――先走りされそうで」

「そりゃあ、あるな」

おゆきさんは姐御肌《あねごはだ》のうえ、妙に考えが古い。一人前にもなってないのに、色気づいて無駄金を使うとはどういうことだと大説教をかますだろう。それだけにとどまらず、杉生くんの両親に息子の危機を告げ口したり、沢渡薬局に大事な預かりものを誘惑しないでくれと怒鳴り込むこともおおいに考えられる。

「俺、二十二っすよ。なのにおゆきさん、中学生扱いするんすから」

杉生くんは憤然と胸を張った。しかし、それもつかの間。すぐにしゅんとうなだれて、深いため息をついた。

「だけど、あの人から見ても、ガキなんだろうなあ」

「その悩み方。まさに恋だねえ」

信友氏はうっとりと共感を示した。愛してるよの類《たぐい》がすらすら出る口だ。言うのが恥ずかしい台詞《せりふ》など、ひとつもない。

「今まで付き合ってきたのって、同級生とか友達の妹とかそんなのばっかりで、毎晩電話して彼氏だ彼女だとか言って嬉しがってたけど、こんな風に困ることってなかったすよ」

「わかるよ。年上の人ってのは、困るんだよ、青年は。自分がちっちゃく思えるんだな。下手に誘ったら笑われそうで、怖いんだよな」

「オヤジさんも経験あるんすね」

信友氏は、遠くを見る目で頷いた。年上の人。十代のときも二十代のときも三十代のときも四十代のときも、年上の人がいた。さすがに五十代に入ってからはご無沙汰《ぶさた》だが。というより、五十代に入ってからは女性全般とご無沙汰しているが、それはともかく、年上の人との思い出は——甘美だ。

孤独を紛らす玩具《おもちゃ》だったり、精神安定剤として可愛がられた僕だった……。

回想にふける信友氏の全身からオーラが放たれたらしく、杉生くんがすがりついた。

「どうやって口説くんですか、年上の人は」

「だから、愛してるの一言だよ」

愛してます。一瞬でいいから、僕を受け入れてください。

「そうお願いするんだよ」

「百発百中ですか」

「成功率七割五分は記録したね」

杉生くんは口を開けてしばらく考えていたが、すねたようにしゃがみこみ、なかば捨て鉢にそこにあったスポークを磨き出した。

「でも、俺はやっぱり言えないっすよ。あの人の顔見たら、薬ください しか言えないんだもん。だけど、買う薬がもうないんすよ。漢方薬みたいのが残ってるけど、ひと瓶八千円とかやたら高くて。どうせ八千円使うんなら、デートで使いたいし」

「そりゃあ、そうだ。会うための口実で金を使い果たして、ホテル代がなくなったんじゃ本末転倒だ」

信友氏は難しい言葉を使って威張った。女がらみの悩みで頼られるのは、気持ちがいい。

「よし。俺がまず彼女に会ってみよう」

「会って、どうするんですか。俺のこと聞いたら、相手、絶対ひきますよ。今だって、ストーカーみたいになってるから気味悪がってるような気配もあるし」

「そこが腕の見せ所よ」信友氏は胸を叩《たた》いた。

「愛してるよの口稽古を積んだおかげで、相手を乗せるのはうまいんだよ、俺は。まず向こうの気持ちをほぐして、おまえがどんなにいい青年かを信じ込ませ、付き合ってみようかしらという気持ちにさせる。そうだ」

信友氏は腕を組み、天を仰いで見得を切った。

「今までの俺は、自分の喜びのために口稽古の成果を実践してきた。でも、これからは人を幸せにするラブラブ・メッセンジャーになるぞ。柳昇師匠も亡くなったことだし、口稽古の教えを後世に伝えるのは、俺の義務かもしれん」

「でも、そんな、やっぱり、なんか恥ずかしいっすよ」

杉生くんは、ためらっている。

「気持ちを知られるのが恥ずかしいんなら、悩むなよ」

信友氏は意地悪く突き放した。

「一生心で思うだけの無法松やってろ。日本古来の男のロマンだ。そうやって、好きな人が他の男に持ってかれるのを指をくわえて眺めてなさい。あ、いらっしゃーい」

折しも店をのぞきこんでいる親子連れに、信友氏は声をかけた。

「うちはこういうスポーツタイプだけじゃなく、ママチャリも作るんですよ。お好きな色はローズピンクかな」

調子よく接客をした。三十代とおぼしきヤングママは、信友氏に可愛さと色っぽさのブレンド具合がちょうどいいだのマイルドカラーが似合うだの言われて、たちまち手懐《てなず》けられた。主人を連れてまた来るわと約束し、去っていく客に手を振る信友氏の背後に立って、杉生くんはぼそっと言った。

「ダメモトで、お願いします」

2

ついに俺も、人の縁結びをする歳になったか。時はくるりと一巡して、誰かにしてもらったことを別の誰かに返すようにできているっていうけど、ほんとなんだなあ。

信友氏は感慨にふけった。

好きだ惚れてる愛してるの口稽古に励んだおかげで、身長一六七センチの短躯《たんく》短足というぱっとしない外見にもかかわらず、信友氏は女友達に恵まれた。だが、苦楽を共にするのはこの人一人と決めることができなかった。結婚できたのは、人に縁づけられたからである。漫然と三十を越した信友氏に業を煮やした母親が、自分の幼なじみの娘を引っ張ってきたのだ。

その娘はなかなかの美女だったが、仕切りたがりのきつい性格が災いしていくつかの縁を未完に終わらせていた。久しぶりに会った母親同士がお互いの不出来な子供の愚痴《ぐち》を肴《さかな》に酒盛りをした際、優柔不断な息子と独断専行の娘ならちょうどいいではないかと盛り上がった。

当初は、母親が連れてきた娘と見合いするという大時代な設定に反発を覚えた。が、和を以て貴しとなす信友氏は、従容《しょうよう》として見合いの場に向かったのだった。

ところが、おゆきさんを一目見るなり、ころっと機嫌がよくなった。きれいだと母親が力説していたが、五割増しに言っているのだろうとたかをくっていた。そうしたら、本当にきれいだった。切れ長の目に鼻筋が通り、顎《あご》が尖った、正統派の美女である。むっつりしているから、クールビューティーが冴《さ》え渡る。性格は確かにきつそうだが、ときどきふっと気弱そうに眉のあたりが翳《かげ》るのを、信友氏は見逃さなかった。気を張っているのだ。緊張して、怖い顔になっているだけかもしれない。

見合いの日、母親同士ばかりが上気してしゃべりまくるコーヒータイムが終わり、「じゃあ、ここからは二人だけでどうぞ」と手綱を放された信友氏は、そば屋におゆきさんを誘った。そこでは、毎週土曜日の午後、落語会が開かれている。へんに気を遣うより、一緒に楽しい思いをしたいがための作戦である。

演目は『たらちね』だった。独り者の男が世話好き大家の紹介で嫁をもらう話だ。男は相手に会いもせず、結婚を決める。ずいぶん乱暴な話だが、以前は不思議とも思わず聞いていたものだ。しかし、その日の信友氏には他人事ではなかった。

人に縁づけられるというのは、悪いものではないかもしれない。『たらちね』の新妻は、出会ったばかりの貧乏で風采《ふうさい》のあがらないひょうろく玉に文句も言わず、長屋のことだからおそらくは一間きりのあばら家で初夜をすませ、朝は先に起きて朝食を用意しようとするのだが、米の在処《ありか》がわからず「わが君」を起こしにいくのだ。

いい話じゃないか。なんて優しいんだ。信友氏は涙ぐみそうになった。すると、母親の命令に従って信友氏に会いに来たおゆきさんが不憫《ふびん》に思えてきた。横に座ったおゆきさんは、クスリとも笑わない。真剣な顔でじっと噺《はなし》を聞いていた。しかし、終わると熱烈な拍手をした。

帰り道もずっと黙っていた。沈黙に弱い信友氏は舌がむずむずして、つい訊いた。

「すみませんね。なんか、無理させちゃったみたいで」

仕切りたがりだと聞いていたから、一応落語をやっているそば屋に行きたいがいいかと打診した。そうしたらおゆきさんは、頷いたのだ。しかし、考えてみたら、最初から彼女にどこへ行くか決めさせるべきだった。詰めが甘かった。謝って、譲歩の用意は売るほどあることを知らせよう。

しかし、おゆきさんはうつむいたまま、首を振った。

「面白かった」

ぽつんと言った。

「でも、笑ってなかったですけど」

「わたし、笑うのが下手なんです。なんでかわからないけど」

それからおゆきさんは、見合いする気になった理由を話した。

結婚しろと親に強制されること自体腹立たしいので、一度は頭ごなしに拒絶した。しかし、母親にはいつもきつい口答えばかりして泣かせてきた負い目がある。その罪滅ぼしをしたいと、ふと思ったのだそうだ。「ふと」思ったのは、多分直前の失恋が関係している。不倫の恋だったが、相手の誠意を信じていた。だが、妻とは別れる気がないことを知らされた。もてあそばれた屈辱で、自暴自棄になった。二十八だし——。

それで、顔を立ててあげると恩を売って、見合いを承知した。だが、落語を聞くまでは、断ろうと思っていたそうだ。まだ前の男（切れ者営業マン）を引きずっており、全然違うタイプの信友氏（間抜けなちんちくりん）は、生きているだけ無駄みたいな存在としか思えなかった。

落語には興味なかったが、口をきくのも面倒だったから言いなりになった――。

正直なのは有り難いが、これはまたずいぶんな言われようである。さすがの信友氏も傷ついた。

「でも」おゆきさんは、続けた。

思いがけず噺に引き込まれた。「嫁が来る！」と大喜びで普段は行かない風呂に行き、まだ見ぬ新妻と差し向かいでご飯を食べる場面を想像してやにさがるくだりで、泣けてきたというのだ。

「え、あの、嫁の箸《はし》が茶碗《ちゃわん》に当たってチンチロリン、タクワン嚙《か》む音ポーリポリ」信友氏が思わず再現すると「こっちは男らしくガンガラガン、タクワン嚙むのもバーリバリ」おゆきさんは後を続けた。

チンチロリンのポーリポリ、ガンガラガンのバーリバリ。

二人は声を揃えて、復唱した。

「あそこ、一番笑うとこですよ」

「でも、泣けたんです。だって、向かい合ってご飯を食べるとき、相手が音を立てる。それを愛《いと》しいと思ってるでしょう。二人でご飯を食べるって、ただそれだけのことをこの人はすごく喜んでるんだ。そう思ったら、何かこう……」

驚いたことにおゆきさんは、思い出し涙にくれだした。そして、鼻声でさらに続けた。

新妻のほうは、言葉遣いが上品すぎて通じないのを「傷がある」と、仲立ちの大家に言われる。

「コミュニケーションが下手なのを傷物扱いされるお嫁さんが自分みたいで」

「コミュニケーション、下手なんですか」

「ていうか、わたしって、ほら」おゆきさんは、言葉を探して目を泳がせた。

「顔とか物言いが意地悪っぽいでしょ。そんなつもりはないんだけど、つい、きつくなって」

そうだなと思ったが、愛の口稽古で鍛えた信友氏の反射神経は「そんなこと、ないですよ」と言うのである。おゆきさんはニヤけかけた自分を叱咤《しった》するように、グイと口角を下げて渋面を作った。

「気休め言わないでください。親にも友人にも、さんざん注意されてるんですから。なんとか改善しようとしたけどできなくて、自信なくしてたんです。だけど、さっきの落語で、無理して直そうとしなくても、そのくらいの欠点は笑って受け入れてくれる人がいるんだと思えたわ」

おゆきさんは立ち止まって、信友氏に熱い視線を注いだ。

涙がこぼれ落ちる目で見つめられたら、たいていの男はぐっとくる。そのうえ、落語の登場人物をわがことのように思ったという共通点がいきなり見つかった。信友氏の胸は異常なほど、ときめいた。優柔不断はどこへやら。つい、言ってしまったのだ。

「じゃあ、その、僕たちもやってみますか。チンチロリンのポーリポリを」

おゆきさんは力強く頷いた。

結婚のけの字も出さなかったが、あれは確かにプロポーズだった。言ったのは信友氏だから、形としては娘たちにおゆきさんが教え込んでいる通り「パパが頼んだ」ことになる。でも、その後の展開を思うと、結婚に至ったのは結局おゆきさんがその気になったからそうなった、みたいな気がする。

あれから二十三年。夫婦の人生設計は、すべておゆきさんに仕切られた。結婚式の予約に始まり、その後の新居選び、家具や電化製品の何をいつ買うか、保険はどうする、ローンの支払いプランは、子供の名前は等々、何か決定しなければならない局面が来たら、決めるのはおゆきさんだ。

それは日本の常識だ。昔から言うではないか。小さいことは女房が決め、大きいことは亭主が決める。そんな声が聞こえるが、信友家においては、大きいこともおゆきさんが決めるのである。

たとえば、バイクショップで働いていた信友氏が趣味でやっていた自転車改造を、独立したビジネスにしろとたきつけたのもおゆきさんだった。

「人に使われるのはいや。苦しくても、自分たちのお城が欲しいわ」

そのために、おゆきさんは経理を勉強した。そして、双方の親戚《しんせき》を駆け回って開店資金も調達した。〈有限会社自転車野郎〉の社長は、おゆきさんである。信友氏は、おゆきさんに給料をもらう身の上なのである。

従業員を雇うのもおゆきさんの仕事だ。というより、雇わないのが、というべきか。カスタムメイドの弟子入り志願者は、毎年何人かやってくる。彼らにおゆきさんは次のように言い渡すのだ。

技術を習おうと思ったら、普通は授業料を払わなきゃいけない。それなのにウチは弟子でもアルバイト扱いで、きちんきちんとバイト料を払ってあげるのよ。正社員並みの福利厚生だの残業手当だの、そんなものまで要求するのは贅沢です。カスタムメイドの職人はね、単なる労働者じゃないの。この違いがわかる？　拘束時間をお金に換算するのが労働者。価値を腕に置くのが職人。お金が欲しいんなら、よそに行って。

おゆきさんの落語好きは信友氏の上を行き、聞くだけでは飽き足らずアマチュアの落語同好会に入ってお稽古している。そして、かつては気にしていたきつい物言いを、歯切れのいい意地悪なしゃべりにグレードアップして持ち味にしてしまった。本人が言うには、立川談志の芸風に倣《なら》っているのだそうだ。

信友氏の口稽古はもっぱら「愛」専用だが、おゆきさんのそれは実用的に働き、ひたすら安月給を正当化する。その弁舌と物腰に素直に感じ入る杉生くんのような純真な青少年だけが残って、信友氏と共に働くのである。信友氏に決定権はない。

かくのごとく、信友氏の人生はおゆきさんが支配している。ご飯のおかずも着るものも、いつお風呂に入るかも、おゆきさんのなすがまま。三人の娘たちも、おゆきさんが勝手につくって産んだような気がするくらいだ。

それでも信友氏は、おゆきさんと結婚してよかったと思っている。

おゆきさんがしっかり財布を管理してくれるおかげで、信友氏は好きな自転車いじりに熱中し、たまに近所のおじさん同士の付き合いで飲み屋やキャバクラに出かけては娘より若そうな女の子を相手に愛の口稽古に励んで、おおむねストレスのたまらない日々を送ってきた。

この頃は言葉で仲良くなるだけだが、四十代までは、おゆきさんに見つからないように、全部込みの浮気もやってのけていたのだから、これで文句を言ったらバチが当たる。

もっとも、発覚しなかったのはおゆきさんが信友氏に無関心なせいかもしれない。信友氏の人生のほとんどすべてはおゆきさんの手に握られているが、握られていない部分もあるわけで——。指折り数えれば、十年の長きにわたって、ほったらかしにされている。

生活力溢《あふ》れるおゆきさんは、奥さん業だけでは飽き足りないのだ。

〈自転車野郎〉の広報活動のため、ホームページ作りを始めると、たちまちページを私物化して、個人的交流の場にしてしまう。

地域の女性経営者フォーラムにも参加しているし、落語同好会でもしっかり幹事を務め、週に一度の稽古は欠かさず、年二回の発表会が近づくと会場の準備やチケット売りに走り回って大車輪の一方、氷川きよしの追っかけも抜かりなくやっている。

チンチロリンのポーリポリどころではない。食卓でも食べながら新聞を読んでいるのはおゆきさんのほうだ。たまには何か話そうよと言ったら、ホームページにメールちょうだいと返された。

落語に出てくるご隠居さんというのは、こんなものか。信友氏は、思いを馳《は》せた。

現役引退して、刺激のない毎日。古女房は相手にしてくれない。しかし、情と知恵は海の水のごとく溢れかえっている。

ふと見ると、そこに道を見失った年若いアホが。よろしい。彼を崖っぷちから救い出す導師となろう。天は私にかくあれと命じている——なんてな。

信友氏は大人になった自分を意識し、鏡に向かうと斜めに構えて親指と人差し指で顎を支え、悠揚《ゆうよう》迫らぬ古老顔を気取った。

うーむ。ひげがあったら完璧《かんぺき》だ。明日から、ひげ剃《そ》りはやめよう。

3

一日剃るのをやめただけで、二日目の朝には頬から顎、そして鼻の下に無精ひげ風の薄い陰ができた。

「パパ、ちゃんとしなさいよ。ホームレスなりたて男みたいよ」

朝食の席で、末娘のみのりが顔をしかめた。

長女はバリ島に仕事を見つけ、次女は結婚してただいま初孫を妊娠中。かつては、春先のツバメの巣のようにピーピーうるさかった信友家のダイニングテーブルも、今は高校生の三女がいるだけだ。みのりは親と口をきくと損をするみたいに思っているらしく、大概はぶすっとしているが、父親の外見に批判をくわえる必要を感じたときは容赦がない。

「ママもなんとか言えば。見なさいよ、あの汚い顔」

そこまで言うか。しかし、おゆきさんは一瞥《いちべつ》もしない。携帯メールに夢中なのだ。

「いいじゃないの、ひげくらい」

「無精ひげにフェロモンを感じないのは、おまえが子供だからだ」

信友氏は年甲斐《としがい》もなく、反論した。

「やめてよ。フェロモン親父なんて、気持ち悪い」

みのりは険しく言うと、ファッション雑誌をばさばさめくった。

色気たっぷりの父親というのは、許し難いかもしれないな。つんけんしてるけど実はファザコンで、パパはわたし一人のものよ、なんて思ってるに違いない。信友氏は勝手に決めつけて、悦に入った。

かくて、フェロモン無精ひげを武器に加えた信友氏は、高鳴る胸を抑えつつ、沢渡薬局のドアを押した。電子音の『エリーゼのために』が流れ、奥から女が出てきた。

「いらっしゃい」

顔見知りではあるが、つくづくと眺めたことはない。よく見ると、なるほど夕暮れどきのクチナシみたいなぼんやりした色気が滲《にじ》む、いい女である。顔立ちが地味なので、見過ごしていたのだろう。この俺がキャッチしそびれた色気や美しさに気付くなんて、杉生くんも隅に置けないやつではないか。

「そこの自転車屋の信友ですが」

「町内会のことですか。父は今出ておりますけど」

「いえいえ、実は折り入って、そちらに、えーと、お名前なんとおっしゃいましたかね。すみませんねえ。最近、歳のせいか、物忘れがひどくて」

「百合香《ゆりか》です。沢渡百合香。旧姓に戻ってしまいました」

「それはその、おめでとうございます」

百合香は目を見張り、ついで吹き出した。頷きながら「ええ、ほんとに」と言った。

「しかし、百合香とはいいお名前ですねえ」あのハゲに、そんな美しい名前をつけるロマンチシズムがあったとは。

「でも、名前に似合ったきれいなお嬢さんでよかった。名前が百合香で顔が高見盛《たかみさかり》だったら、本人もまわりも不幸ですよ」

「まあ」

百合香は笑いが止まらなくなった。しゃがみ込んで笑っている。ウケるのは大変嬉しいが、そこまでおかしいか。話が先に進まないので、信友氏は当惑した。

「あのお、ちょっと」

百合香は立ち上がり、涙を拭《ふ》いた。

「すいません、ちょっと想像してしまったものですから」

「女装した高見盛関を？」

百合香は再び笑いの発作に襲われ、立ち直るのに三分かかった。

しかし、これですっかり気分がほぐれたようだ。立ち話もなんだからと椅子《いす》を持ち出してきたうえ、お茶代わりにと商売もののドリンク剤まで振る舞ってくれた。

狭い通路に丸椅子を二つ向かい合わせて座ったから、文字通り膝《ひざ》をつき合わせている。

「で、お話って？」

百合香がわずかに身を乗り出すと、信友氏は妙な気持ちになった。女の匂いがする。香水でもなく、体臭でもない。湿り気を含んだ体熱が胸元あたりから立ち上ってくるのだ。この感じ。懐かしい。腰のあたりでもぞもぞと蠢《うごめ》き始めた春情を、グッと押し殺して切り出した。

「あのですね。うちで働いている杉生のことなんですけど。薬買いによく通ってきてる青い作業着のガキがいるでしょう」

「野球帽かぶった男の子ですか」

百合香は即答したが、声音に軽い侮《あなど》りが感じられる。

「うすうす気付いてらっしゃると思いますが、あいつが百合香さんに参ってまして」

「はあ……」

百合香は脚を組み、背中を伸ばして身体を後ろに引いた。話の先が読めたらしい。

「よかったら、付き合ってやってほしいんですがね。いや、なにしろ、二十二歳のバカですから、深刻に受け取らず、そうですねえ、天井の蛍光灯を取り替えたいとか、部屋の模様替えをするのに簞笥《たんす》を動かしたいとか、バーゲンに行くのに荷物持ちが欲しいとか、そういうお使いロボットと思っていただければ。純真ないいやつなんですよ。間違ってもストーカーになって、思いあまって刺し殺したりするトンデモ野郎じゃありません。それはわたしが保証します。何かあったら、わたしに言っていただければ責任持って」

「思いやりがおありなのね」

百合香は視線と言葉で、信友氏の売り込みを遮った。

止められるのは不本意だが、ほめられるのは嬉しい。信友氏は思わず頬をほころばせた。

「え、いや、そんな」

「わたしに必要なのは、便利な若い男の子じゃなく、思いやりのある大人の慰めなんだわ。今、それがわかりました」

ほ？　口説かれてる？

信友氏は息を呑《の》んだ。百合香は再び、グッと前に乗り出した。

「さっき、笑いが止まらなかったでしょう。自分でもびっくりした。あんなに笑ったなんて、二年ぶりくらい。離婚するずっと前から家の中は地獄で――わたし、自分を責めてました。結婚に失敗するなんて、恥ずかしくて」

百合香は目を伏せた。信友氏はこういう不幸せな風情に極端に弱い。思わず、肩に手をかけてしまう。

「そんなこと、ありませんよ」

「そうですよね」

百合香はパッと顔を上げた。

「わたしが小さくなること、ないんだわ。間違った相手と結婚してたことに気付いて、逃げ出してきたのよ。おめでとうって言ってもらって、いいんだわ。あなたは、わたしが自分にかけた呪《のろ》いを解いてくれたんです」

つまり、この俺が『白雪姫』とか『眠れる森の美女』における王子さまってこと？

信友氏の頭にディズニー映画ばりのロマンチックなストリングスが流れた。それじゃ、お約束の口づけをしなくては。自然の流れで首が前に伸びた。見ると、百合香の瞳《ひとみ》も潤んでいる。やるしかない。イチ、ニのサ――。

「オヤジさん！」

ハッと見ると、杉生くんが茫然《ぼうぜん》と立っていた。

「おゆきさんが呼んでますけど」

そう言うと、目を怒らせた。身を翻《ひるがえ》して出ていきそうになる。まずい。止めなければ。信友氏は丸椅子を蹴飛《けと》ばして立ち上がると、「杉生、待て。交渉成立だ」と叫んだ。

「え？」

杉生くんは中途半端な姿勢で固まった。

信友氏は四の五の言わなかった。ほとんどサバイバル本能で百合香の肘をつかんで立たせ、杉生くんのほうに押し出した。

「杉生。沢渡百合香さんだ。どうだ、いい名前だろう。今、おまえの気持ちを話したらな。気持ちは嬉しいけど、まだ離婚の傷を癒《いや》し中でそんな余裕はないそうなんだ。でも、希望はある。おまえには好感を持っているそうだ。だから、いつもは薬を買うとすぐに帰っちゃうけど、これからはもっと話をしましょうとおっしゃってるぞ」

「ほんとですか」

杉生くんは目をパチクリさせて、百合香を見た。百合香は唇を尖らせて信友氏を見た。信友氏はその目に「お願いしますよ」視線を注ぎ込んだ。

「だけど、だけど今、二人」

「あれは、リハビリだ」

「リハビリ？」

「そうだ。百合香さんはこの二年、ほとんど尼さんのように閉じこもった暮らしをなさってた。だから、笑ったりふざけたりする筋肉が衰えたということなんで、そのリハビリとして、にらめっこをやっていた」

「にらめっこ」

杉生くんはアホ丸出しでオウム返しをするばかりだ。しかし、百合香が隣で吹き出すのが感じられた。笑いの発作が始まるぞ。今だ。

信友氏は思い切って百合香の身体を杉生くんに向かって突き飛ばした。杉生くんは反射的に受け止めた。それを横目で確かめて、信友氏はもつれ合う二人の横をすり抜けた。

「続きは二人でやってくれ」と、捨て台詞を残して。

息を弾ませて店に戻ると、満面の笑みで携帯を使っていたおゆきさんが嬉しそうに手を振った。携帯を切ると、抱きついてくる。

「え、なになに、なんかいいこと」

とりあえず腕の中のおゆきさんに合わせてピョンピョン跳びながら訊いた。後ろめたいから、信友氏も笑顔全開である。

「テレビが取材に来るって。ケーブルテレビとかじゃないよ。全国放送。カスタムメイドの自転車屋さんてことで。まあ、主役はこの町なんだけどさ。エピソードのひとつとして、うちが選ばれたわけよ。ロケの噂は聞いてたから、いろんなコネ使ってそれとなく売り込んだ甲斐があったわ」

「おまえ、そんなことしてたのか」

信友氏は驚いた。

「今さら何言ってるのよ。店が繁盛するように、わたしはいろんなこと考えて、やってるんだからね」

「だって、俺にはそんなこと全然」

「今の今まで、はっきりしない話だったんだもの」

おゆきさんは一言ではねつけ、店の中央に立つと、ぐるりを見渡した。

「壁にディスプレーしてるフレームの色合い、もっと見栄えするように変えたほうがいいかも。あなたの格好も、そうねえ」

吟味する目で、ぼーっと突っ立っている信友氏を上から下まで眺める。

「お揃いのTシャツとトレーナー作ろうか。名前入りの派手なやつ。ね、それがいいわ。名前売り込むチャンスだし、記念になるもの」

おゆきさんは携帯をつかむと、デザイナーの友達に連絡を取った。信友氏は次から次へとアイデアを話し合っているおゆきさんを、なすすべもなく見つめた。

おゆきさんは信友氏をほとんど視界に入れてない。見たのは、服装チェックをしたときだけだ。

ぐれてやる。一瞬、そう思った。頭に浮かんだ百合香の顔は、誘惑するように悩ましく脚色されていた。

杉生くんは、まもなく帰ってきた。ちょっと嬉しそうだ。信友氏に何か話そうとしたが、おゆきさんが先に飛びついた。そして、テレビ取材の話をする。

「ほんとすか。わ、親に電話しなきゃ」と、たちまち上ずって携帯を取り出す。

まったく、テレビに出るのと女とどっちが大事だ。百合香とどうなったのか、結果を知りたい信友氏はウズウズした。しかし、おゆきさんがいては話せない。おゆきさんは杉生くんを働かせてフレームのかけ直しをしたり、インタビューの練習をしたりで、いつもは五分といない店に居座っている。

信友氏は隙《すき》を見て、杉生くんに囁《ささや》いた。

「どうなった」

杉生くんは心得顔で声をひそめた。

「最初は友達から始めましょうって。ときどき高架下の居酒屋で独り酒してるから、そこに来れば違うわたしに会えるわよって言うんすよ。どういう意味っすかね。友達から始めるっていうのと、違うわたしに会えるっていうの、どうつながるんですか」

「……女は難しいんだ」

信友氏は、しかつめらしく答えた。

「とにかく、彼女のリードに任せろ」

「それから口稽古ですね」杉生くんは頷いた。

「恥ずかしいなんて言ってられませんよ。あの人、意外と積極的っぽいじゃないですか。俺、愛してるよくらい、いくらでも言えそうな気がしてきました」

ああ。色情こそは男の原動力。

「うむ。その言葉を使えば、友達以上になる日は早いかもしれない」

「俺、頑張ります」

杉生くんは拳《こぶし》を握りしめた。あおっておきながら、信友氏は面白くない。

いつの間にか、店内に人が増えていた。おゆきさんが呼び出した友達が、テレビ映りにつ いて侃々諤々《かんかんがくがく》議論している。信友氏が「ちょっと出るよ」と言うと、誰かが人だかりに埋もれているおゆきさんに伝え、おゆきさんの返事も人づてに「行ってらっしゃいですって」と届いた。

信友氏は沢渡薬局に行った。迎えた百合香は、意味ありげな笑みを浮かべた。

「付き合ってやってくださるそうですね」

「ええ。なんだか、いろんなこと自分に解禁したくなって」

「聞きましたよ。高架下の居酒屋で独り酒してるって」

「〈都〉っていう、おばさんが一人でやってる小さいお店なんです。これからの季節はおでんがおいしいわ」

「おでんか。いいなあ」

「でも、一番のおすすめはね、小魚の味噌《みそ》焼きなんです。新鮮な地ものの小魚の身を開いて、お味噌を塗って直火《じかび》でさっとあぶるの」

「それはうまそうだな」

「ええ。とっても。ぜひ一度、どうぞ」

百合香は艶然《えんぜん》と微笑んだ。信友氏は不覚にも唾《つば》を飲み込んだ。危険を感じて、話題を変えた。

「あの、近々、うちがテレビに取材されるんですよ」

声が頭のてっぺんから出たが、構っていられない。

「それで、その準備で女房が舞い上がって、もう大変なんで、ちょっと失礼します」

『不思議の国のアリス』の白ウサギさながら、泡を食って沢渡薬局から飛び出すのは、きょう二回目だ。何をそんなにあわてているのか。店まで戻る道すがら、信友氏は珍しく自問した。その気ムンムンの女に後ろを見せるなんて、一度もなかったことだ。俺としたことが、一体どうしちゃったんだろう。

それから店じまいまでは、うわのそらだった。「んじゃ、お疲れでーす」といつものように挨拶しながら、杉生くんは信友氏に目配せした。早速、居酒屋〈都〉に行くらしい。

いいなあ、一直線に行動できるのって。そう思っている自分に、信友氏は不安を覚えた。どこか具合が悪くなってるのではないか。精密検査してもらったほうがいいかしら。

夕食の席で、みのりとおゆきさんはテレビ話で盛り上がった。信友氏も何度か話しかけられたが、まともな返事はできなかった。それでも、二人とも気にかける様子もない。みのりは食べ終わると自分の部屋に引っ込み、おゆきさんは手早く片付けをすませて、これまたいつも通り、ダイニングテーブルにノートパソコンを置いてホームページの更新を始めた。

信友氏はお茶をすすりながら、おゆきさんを見つめた。液晶画面が反映して、おゆきさんの顔は七色に光っている。こんなに見つめているのに、視線も感じないのだろうか。

「あのさ」話しかけると「うん？」声だけで返事をする。いつも、こうだ。ずっとだ。チンチロリンのポーリポリ、ガンガラガンのバーリバリをやって喜んでいた日は、もう還《かえ》らない。

「俺さ、口説かれちゃった」

「あらそう。よかったじゃない」

おゆきさんは、相変わらず目もくれない。

「仲良くしちゃっていいもんかどうか、悩んじゃってさあ」

冗談っぽく、本音を出した。すると、ようやくおゆきさんが顔を上げた。だけでなく、バタンとノートパソコンを閉じ、怖い顔でテーブルを回って信友氏の面前に仁王立ちした。

「今までの浮気は黙ってしたくせに、なんで今度のは告白するのよ」

「え、今までのって」

知ってたの？　口には出さず、顔で訊く。おゆきさんは腕を組んで、信友氏を見下ろした。

「ほとんど年中行事だったじゃない」

「知ってたのか」でも、どうして何も言わなかったの、と、この質問も口には出さないが、おゆきさんは頷いた。心の声が聞こえるのだ。

「わたし、待ってたのよ。別の人と一緒になりたいから別れてくれって言われるのを」

信友氏は青くなった。店の社長はおゆきさんだし、金も全部管理されている。もし離婚となったら、裸で放り出されるのは信友氏のほうだ。おゆきさんは全然困らない。

「いつでも別れるつもりだったのか……」

目の前が暗くなった。おゆきさんの人生は、おゆきさんの手にある。信友氏は単なる共演者だ。

「なわけ、ないでしょ」

おゆきさんはぴしりと言った。

「そんなこと言われたら、そのときこそ徹底的に思い知らせてやるつもりだった。わたしは絶対に、別れない。あなたとこの店は、わたしの生き甲斐なんだもの。誰にも渡さない」

信友氏はぽかんとおゆきさんを見上げ、言われたことを反芻《はんすう》した。

すごい。この世には「愛してるよ」より強力な口説き文句があるんだ。店と込みにされたのはちょっと気になるが、〈自転車野郎〉は信友氏のライフステージだ。セット扱いされるのが当然といえば当然だ。

手もなくふやけた信友氏の頭を軽く撫《な》でて、おゆきさんは席に戻った。ノートパソコンを開く。

再び、無視の体勢に戻ったが、信友氏のニヤニヤは止まらない。いいんだ。寝室は別という夫婦も多い中、うちはまだ枕《まくら》を並べて寝てるものな。今夜あたり、愛を確かめ合っちゃおう。

十年ぶりだね。お待たせしました。さりげなく股間《こかん》を触って、意思を確認し合った。考えてみたら、おまえもしばらく野外活動してないね。お稽古して、勘を取り戻さねば。古女房ならプレッシャーも少ないし、じっくり予行演習して、それから百合香に。

「言っておくけど、今お悩みの相手とは付き合っちゃダメよ」

「え、いや、あれは冗談だよ」

なぜか、嘘をついてしまう。おゆきさんにはごまかしは通じないと、今見せつけられたばかりなのに。

「二十代の女が結婚をあせるように、五十代の男は色事であせる。だんだん、チャンスが減ってくるから。この間、お稽古に来てくれた噺家さんに教えてもらったまくらよ」

「へえ」

図星を指されて、うろたえながらも感心した。落語は偉大だ。昔は軽い気分でうまくやれた。でも今は、欲情に引きずりまわされそうな不安が先に立つ。感情のコントロールも、前ほど上手にやれるかどうか。気にしているつもりはなかったが、やっぱり恐怖していたのだ。おのれの老化に直面するのを。

「あせりは失敗を生む。これが教訓。だから、やめたほうがいい。というより、禁止。黙って浮気されるならまだしも、事前に申告されておめおめ許す女房がいると思う？　そんなことしたら、ただじゃすまないからね。今まで一人も、わたしにチャレンジしてくる女はいなかった。わたしの連戦不戦勝よ。だから、あえて騒ぎ立てなかっただけ。だけど、いったんその気になったら」

おゆきさんは、きっと信友氏を睨《にら》んだ。

「またまたあ。最愛の妻を裏切るわけないでしょ」

信友氏は立ち上がった。おゆきさんの背後にまわり、肩を揉《も》んだ。

「ほんと、愛してますよ。数々の浮気はね、全部あなたの素晴らしさを確認するための実験に過ぎなかった。どんな女も、おゆきさんと比べたら月とすっぽん。蝶々《ちょうちょう》とゴキブリ。もう僕は、おゆきさんしか愛せない体質になってるみたい」

おゆきさんに、愛の口稽古を試すのは久しぶりだ。そのことに信友氏は気が付いた。まともに会話する習慣を失《な》くしたのが原因ではあるが、聞いてくれなくても言うことはできたはずだ。サボっていた。悪かった。人間、死ぬまで修練を怠ってはならない。

見よ。信友氏の口稽古には慣れっこのはずのおゆきさんが、実に気持ちよさそうに耳を傾けているではないか。

「僕は幸せだなあ。こんなに愛せる人と歳を取っていけるなんて。あなたあっての私です。一生、離さないでね。お願いします。黙ってついていきますから」

やおら、おゆきさんの右手が伸びて、信友氏の左手をギュッと握った。そして、握り返そうとした信友氏の動きより早く、その手を首のつけ根に導いた。

「そこが一番凝ってるの」

承知しました。

信友氏は親指に愛を込めて、グッと妻のツボを押した。

サイド・バイ・サイド

1

雲ひとつない青空というのは、都会にしかない。地平線の果てまで建物で埋め尽くされたその隙間《すきま》から、たまたま雲ひとつない部分だけが見えるのだ。標高八百メートル、周囲を八千メートル級のアンナプルナ連峰に囲まれたポカラから見る空にはいつも、海中を旅していく回遊魚のような雲の一群が見えていた。

「……ですから、部長。あのお、部長?」

問い掛けられて、美由紀《みゆき》は地上八階の窓から見える雲ひとつない青空から、顎の細い頼りない顔つきの青年に目を戻した。

「僕は、この仕事、まだ半年なんです。もう少し長い目で見ていただけませんか」

美由紀は今度は手に持ったままだったレポートに目を落とした。発売予定のダイエット食品に対するモニターの反応が大雑把《おおざっぱ》な円グラフになっており、その下に「案外おいしかった」「他社製品と大差ない」など、短いコメントが羅列してある。A4の紙切れ一枚のこれで、調査を依頼してきたクライアントから百万単位の金を引き出せというのか。思わずクラクラして見上げた窓の向こう、その青空に遥《はる》かなネパールの空が重なったのはどういうことだろう。現実逃避を求める無意識の仕業か。

だが、現実は逃げても逃げても、すぐに追いついてくる。美由紀はため息をついた。

「半年といっても、あなたは昨日今日社会人になったわけじゃないでしょう。マーケティングは経験があるって言うから、三年連続新規採用ゼロのウチが中途採用に踏み切ったのよ。それなのに、この程度じゃ」

「この程度って、そういう言い方、傷つくなあ。今までのレポートを参考にすればいいって言ったの、部長じゃないですか。僕、残業して今までのよく読み込んで、それで書いたんですよ。一生懸命やったんですよ」

「だからねえ」一生懸命やってこの程度っていう、その無能さを自覚しろって言うのよ！

「あのね。調査をしたらこういう結果が出ました、だけじゃ、中学校の文化祭レベルよ。こういう結果が出た、ということは、改善すべき点がこれこれ、キャンペーンで強調すべき点がこれ、モニターの中から広告展開に使えそうな人が何人とか、結果をふまえた戦略を提案するのがわたしたちの仕事なの。あなた、わかってるの？」

「それは、これ持ってプレゼンに行くときに、口頭で言おうと思ってたんですよ」

「……あなたね。それ、今、思いついたでしょ」

「僕、書くより口で言うほうが得意なんですよ。なんだったら、書くほうは誰かうまい人を回して、話して説得する係を僕にしてもらったら、うまくいくと思うんだけどなあ」

「みんな、忙しいのよ。見れば、わかるでしょう」

「だから、画一的にこの会社の仕事は誰が受け持つとかいうんじゃなくて、それぞれが得意分野を仕事の垣根を越えて受け持つ方式にすれば、もっと能率が上がって結果的に――」

ああ。はいはい。じゃ、あんたが部長やって。いっそ、そう言いたい。

「とにかく、レポートの書き直しは岡崎くんに頼むから、あなたはしばらくデータベースのチェックでもやっててちょうだい」

とりあえずバカの厄介払いをし、「えー、またですかあ?」とブーたれる岡崎に「埋合わせ、考えるから」と片手拝みで尻拭《しりぬぐ》いを頼むと、美由紀は近くのシティホテルの展望ラウンジに逃げ出した。


小郡《おごおり》美由紀は、四十二歳にして市場調査から販売促進プラン・広告企画までを業務とする株式会社クリエイティブ・プロダクツの管理職。言うところの、バリバリのキャリアウーマンである。けれど、一皮剝《む》けばバリバリの結婚優先主義者。包容力のある夫に甘えたい、軟弱な結婚願望の塊だ。

ただ長女に生まれたせいか責任感が強く、任されたことはいい結果が出るように人の分まで努力する性分だから、その気もないのに出世してしまった。その結果、二十八にもなって「僕は一生懸命やっている」と口尖《とが》らせて言うような父《と》っちゃん坊やに、効き目のない説教をしている。まったく、トホホとしか言いようがない。

坊やは社長のコネで入ってきた、捨てるに捨てられないお荷物社員だ。営業から総務まで「研修」と称してたらい回しにした末に、部長クラスの話し合いで美由紀が統括する企画調査部に押しつけてきた。リストラで事務職のアルバイトや派遣社員の首を切ったうえ新規採用を控えているから、一人一人の社員にかかる負担が増えている。それなのに、大事な調査資料の書き間違いや数字の読み間違いのポカが多くて傍《はた》迷惑なこの坊やのご機嫌をうかがわなければならない。二十名の部員は不満たらたらで、部全体の士気も低下していた。こんなことは思いたくないが、これって唯一の女性管理職へのいじめではないか？

見渡す限りのビル、ビル、ビルの谷間を行き交う車の列が、十一月の陽光を受けてピカピカ光っている。目を遠くに投げれば、この街の東西を囲むなだらかな山、南に海が見える。放心状態で視線を宙に投げても、もうあの青空のイメージは戻ってこない。

部長になんか、なりたくなかった――

この一年、美由紀はずっとこの文句を胸の中で呟《つぶや》いていた。

「やめちゃいたいな」

一人で煙草を吹かしながら、胸の中の呟きを表に出してみる。しかし、やめて、どうしたいのか。それがわからない。

三つ下の弟はすでに結婚して、両親と生家で暮らしている。二十代で「将来のことを考えて」と人に勧められて買った2LDKのマンションだけが、美由紀の帰る家だった。あのときは単なる先行投資のように受けとめて買ったのだが、当時から見た「将来」にさしかかった現在、マンションを持っている有り難みはどこを探しても見当たらない。それを思うと、美由紀はコネ坊やに説教しているときよりも、もっと暗澹《あんたん》としてくる。

いつのまにか夢や希望とも遠く離れてしまった。もう、そんな歳でもないしと思うと、余計に悲しい。

「あーあ、ヤだなあ」本音を押し出していると、バッグの中で携帯が鳴った。

「部長。専務がお呼びです」

その日、美由紀が帰宅したのは十時過ぎだった。専務から言い渡された「さらなるリストラの強化」である人員整理、組織の編成替えのプランについて、他の部長仲間との愚痴り合いミーティングに参加し、男どもの「やってられないよ」の大合唱に調子を合わせていたのだ。ああ、疲れた……。

「あー、美由紀さーん。やっと帰ってきたあ。お帰りなさーい」

困っているような、それでいて甘ったれたしわがれ声が、ドアを開けた途端に奥から聞こえた。それだけで、美由紀は狭い三和土《たたき》に崩れ落ちそうになる。キッチンから玄関へパタパタ駆けてきたミナは、美由紀の思いきりわかりやすいうんざり顔にデレッと笑顔を返した。

「なんなの、なにか、した?」

着替えるために寝室に行きながら質問する美由紀の後を、ミナは子犬のようについて歩く。

「魚、焦がした」

「どの程度」

「それがわからないから、どうするか美由紀さんに訊いてからにしようと思って」

美由紀のうんざり顔が呆《あき》れ顔に変わった。ミナは嬉しそうに、コクンと頷いた。

「夕食、まだ食べてないの?」

「七時過ぎても帰ってこないときは一人でご飯すませてって言ってあるでしょ。今朝出掛けるときにも、そう言ったはずよ」

言いながらテキパキと脱いだスーツをハンガーにかけ、トレーナーとスパッツに着替え、ひっつめていた髪をざっとときほぐしてヘアバンドで押さえと、忙しく手を動かしている美由紀の横で、オーバーオールの胸元に両手を突っ込み、ベッドに腰掛けたミナは「うん……

でもね」と、とろとろ説明を始めた。

「デパートに行ったら、シャケ売ってたの。美由紀さん、教えてくれたでしょ。今頃のシャケは秋味っていって、特別おいしいんだって。だから、美由紀さんと食べようと思って買って焼いたんだけど、美由紀さん、焦げ味が好きだって言ってたじゃない。焼きおにぎりとかおせんべとか餃子《ギョーザ》の皮とかグラタンのチーズんとことか食パンの耳とか。だからね」

「鮭《さけ》を焦がしたのね」

要点を言ってちょうだいよ！

一緒に暮らし始めて一週間。その中頃の時点で、デレデレした話し方に我慢しきれずそう言ったとき、ミナは「は？」と目をパチクリさせた。

「一番、言わなきゃいけないことだけを言って」と言い直すと、ミナは真剣に答えた。

「全部、言わなきゃいけないことなんです。だから、全部言ってるんです」

ブンブン回りっぱなしの換気扇の下ですっかり冷えきった真っ黒焦げの鮭の切り身を、美由紀は手早くほぐしてご飯にさっくりと混ぜ、おにぎりを作った。

「わー。これ、おいしい、美由紀さんの言ってた通りだ。秋のシャケっておいしいねえ」

ミナは顔中をほころばせてパクパクとよく食べた。食べられそうなところだけをよったのだが、それでも鮭の風味はほとんど落ちている。付き合って食べてみたが、食べにくいので美由紀は茶碗《ちゃわん》に入れてお茶漬けにした。ミナはさっそく真似をして「ムムッ、こうしても、おいしい！」と喜んだ。小学生のようだが、これで二十五歳である。美由紀はこの年齢で、もう独立していた。

なりたくもない部長になっているように、家族でも友人でもないこの女とこうして鮭茶漬けを食べているのも、生真面目《きまじめ》な美由紀の身の因果なのか。神さまは美由紀のこの苦労を、ちゃんと天国行きの帳簿に記録してくれているだろうか。

そうとでも思わなければ、とてもじゃないが、やってられない人生だ。

2

ミナは、歩《あゆむ》からの預かりものである。断れなかったのは、歩に惚れているからだ。誰かをこんなに好きになるのは、大学時代の恋人以来である。

その大昔の彼は、中学高校とずっと優等生で通してきたエリートで、かねて公言していた通り、有力メディアの一つであるテレビ局の報道部に就職した。美由紀は、彼が「いいと思う」と言ったから、市場調査の会社に就職した。そして、彼に企画会議で提出したいからと頼まれれば、会社のデータベースで拾った、つまり本来なら有料の情報をそっと横流しした。

大事なのは、会社ではなく彼だったから。

だが、彼は他の女と結婚した。「結婚することになった」と、電話一本で告げられたのは、美由紀二十八歳の夏だった。彼は、少しだけやましそうに「きみとは、何も約束してなかっただろ」と言った。それは確かに、そうだった。美由紀が一方的に、結ばれると信じていただけだ。彼は「きみの僕への期待が重すぎた」とも言った。そんな風に思われているなんて、夢にも思わなかった。そんな風に思う男だなんて、知らなかった。

それから、三人ほどの男と付き合い、そのたびに結婚を意識した。愛する男の人生に寄り添って、子供を産んで心を込めて育てる——

それでこそ、生産的な生き方だ、生きている意味があると、美由紀はずっと信じてきた。春先の燕《つばめ》の巣の様子さえ羨ましかった。夫婦が力を合わせて子育てに懸命になっている。あのように人間同士が損得抜きの愛で結ばれる究極の形が、家庭を作るということなのではないか。

しかし、他の女にとられたり、妻子と別れるというのは口だけだったり、仕事上の裁判沙汰《ざた》に巻き込まれて人が変わってしまったりと、いやな終わり方で切れていった。友人は口を揃えて「美由紀は男運が悪い」「いや、男を見る目がないのよ。インテリっぽいってだけでコロリなんだから」と言った。確かに、哲学書を小脇《こわき》に競馬場通いをするニヒルな不動産屋に、カルト的なヨーロッパ人映画監督のインタビュー集を自前で翻訳出版して家賃が払えなくなった翻訳家、成り上がりの中小企業社長に取り入って、やれ情報誌を作ろう、それ選挙に出てみないかといろいろくすぐって金を引き出す自称ライフプロデューサー、このラインアップは誉《ほ》められたものではない。実際、ずいぶん貯金を食われたものだ。それでも、美由紀はそのときどきの彼らを愛していた。そのすべてが無駄に終わった。

そして、寂しさを紛らわせるために仕事に集中していたら出世してしまって、人に〈仕事に生きる女〉と思われてますます縁遠くなり、とうとう四十二歳である。子供が欲しければ、男を探すより精子バンクの情報を検索しなさいと飲み屋で言われた。

そんな美由紀の日々の憂鬱《ゆううつ》を洗い流してくれるのは、ジーンズにトレッキングシューズでリュックを背負い、石ころだらけの道を歩く類の途上国探訪ツアーだった。ここ十年余りで、タイ、ベトナム、カンボジア、ネパール、モンゴル、ペルー、ユカタン半島、中国の内陸部と足を延ばした。

舗装されていない田舎道や山道をせっせと歩く。それが目標を持たせれば頑張ってしまう努力家の美由紀の性に合う。そして、見渡す限りの平原や分厚い山並み、大きな太陽と、宇宙にいるのを実感させられる圧倒的な星空、それらとこの身体を一体に包み込む風の中で「達成感」めいた喜びを感じると、現世の憂さが晴れていく。

事務機器の販売会社に勤める八つ年下の小牧《こまき》歩とはネパール行きの飛行機で隣に座ったのが縁となり、乗り物や食卓でもペアを組み、お互いの写真を撮りあい、デコボコした山道を励ましあって歩いた。

歩は中肉中背で風采はパッとしないが、長い距離を黙々と歩いて疲れない頑丈さを持っていた。難所で手を貸してくれるとき、美由紀の足元に注意を向けている濃い眉と切れ長の目とがっしりした骨格の「男顔」にドキンとし、やがて力強い足取りや、立ち止まって遥かな山容に目をやる様子にうっとりと見入っている自分に美由紀はうろたえた。

それが惚れるところまでいってしまったのは、風邪をひいて寝込んだのを歩が一昼夜付ききりで看病してくれたときだ。

美由紀は気遣われるのが苦手で、誕生日の贈り物をもらっても、食事をおごられても、相手に「借りを作った」と感じて倍返ししないと収まらない性分だ。旅先で具合が悪くなって周囲に心配をかけるなど、とんでもない。持参した風邪薬でだましだましカトマンドゥからポカラへと動き回って、どの時点かわからないがバッタリ倒れた。歩は美由紀を背負って宿舎のベッドに運び「ここは出歩かなくても感じるものがある土地だから、こうしているだけでも観光できますから」とやんわり説得して、付き添ってくれた。

熱が下がった夜明け、湖畔のホテルの窓から見える薄紫のアンナプルナが新鮮な体力を吹き込んでくれるようだった。寝たまま視線を巡らせると、ベッドの足元の床に敷いた寝袋の上であぐらをかき、文庫本を膝の上に広げたまま頭《こうべ》を垂れて居眠りしている不精髭《ぶしょうひげ》に覆われた男顔があった。思えば彼はいつも美由紀のペースに気を配って並んで歩き、興味を示したものを一緒に見てくれた。

こんな風に寄り添って歩いてくれる人を求めていたのだ。この人生の毎日を、ずっと。

こみあげる想いが、涙に変わった。男についていきたい古風なタイプの美由紀にとって、八つも年下の青年は恋愛の範囲外だ。彼が、すっかりオバさんの自分に恋してくれるとも思えなかった。無念でならなかった。

美由紀は想いを抑えて、上海で歩に豪華な食事をおごってキッチリ返礼をし、その後は旅の話を交換しあう仲間の一人という清く正しい距離を保って二年である。お互いの住所は知っているが、訪れたことなどなかった。

そんな淡い付き合いの歩が、いきなり私生活の問題を持ち込んできたのは、今を去ること一週間前の夜だった。

「今からうかがいたい」と電話で一方的に告げられ、ドキドキしながら待っていると、湯気が出そうな切迫した面持ちで玄関に飛び込んできた歩が、ヨレヨレのオーバーオールを着てジャージのフードを深くかぶった華奢《きゃしゃ》な女の子をグイと美由紀の前に突き出した。

「急なお願いで申し訳ありませんが、この人をしばらく預かってもらえませんか」

雰囲気に気圧《けお》されて「とにかく」とリビングに上げ、薄汚れた布製のリュックサックを胸に抱いてソファにちんまり座る女の子に温かいココアを渡したとき、やっと正面から見た顔がひどかった。左目のまわりが紫色にはれあがり、唇の端が切れて血が滲んでいる。

美由紀が「あなた、それ、どうしたの」と思わず手を伸ばすと、女の子は恥ずかしそうに「へへ」と笑って首をすくめた。

「高野《たかの》ミナさんです。僕の、古い友達で」説明する歩の目は、彼女に釘《くぎ》づけになっていた。

「病院行かなくていいの？　警察は？　相手は知ってる人、それとも」

レイプを想像した美由紀は反射的に具体的な行動に走ろうとしたが、ミナは傷ついたというより所在なげな様子であたりをうかがいながらココアをすすっている。

「こんな目にあわせた男のところから逃げてきたんです」

「あ、えーと、あっちも多分、怪我《けが》してます。あたしも殴ったり蹴ったりしたから」

なぜかニタニタ笑いながら歩の言い分を訂正する声が、幼な顔から出ているとは思えないほどしわがれていた。

「だけど相手は男で、彼女はご覧の通りの体格ですよ。これは、あれですよ。ド、ド、ド」

「ドメスティック・バイオレンス」

美由紀が言うと、歩は大きく目を見開いて頷いた。興奮で舌が回らなくなっている。こんな歩は初めて見た。沈着冷静な青年だと思っていたのに。「彼女を助けたいんです」と力を込める歩をどう受けとめればいいのか、美由紀は少なからず混乱した。

「それで、相談に乗ってくれるシェルターが見つかるまで、匿《かくま》ってほしいんです。僕のところは、その、何かと問題があるし、身の回りのものだけ持ち出したんですけど、着るものとか僕ではどうしていいかわからないんで、できたら誰かしっかりした女の人をと考えたら、美由紀さんしか思いつかなかったんです。ご迷惑は承知してますが、なんとかお願いできないでしょうか」そう言って、熱っぽい目を美由紀に向けた。

「——こんな様子を見たら、断れないじゃない」美由紀は、やっと答えた。

「とにかく、今夜は預かるわ。明日、病院で手当してもらいましょう。そうね、二、三日、預かれると思う」

受験する大学の下見に来た親戚の子を一週間預かったことがあるわ。まあ、そんなものでしょう。その程度で虐待される女性を救うという「いいことをする」快感を味わえるなら、それも一興というものよ。美由紀がそんなうわずったことをペラペラしゃべったのは「美由紀さんしか思いつかなかった」という歩の言葉が嬉しいと、彼に悟られるのも自分で認めるのも恥ずかしかったからだ。

ミナには、いろいろ訊きたかった。歩との関係についてはとくに。しかし、訊くのが怖かった。何も訊かずに世話をする大人の女ぶりを歩に見せたくもあった。どうせ、長くて一週間程度のことだろう。そう思った美由紀は、親戚の子を預かったときのように淡々と世話をした。

そのせいか、ミナはすぐに美由紀になついた。目が合うと嬉しそうに頬を染めてニコーッと笑う。美由紀があてがう着古しを「わー、これ、素敵」と着て、美由紀が出す食事はレトルトのカレーでも「おいしいー」と目を細めてパクパク食べた。

それはいいが、脱いだら脱ぎっぱなし、食べたら食べっぱなし、料理も洗濯も掃除も後片付けも家事一般軒並み、何もできなかった。

美由紀が会社から帰ると、英国風の家具とオーダーメイドのカーテンとカシニョールのエッチングと白磁の壺《つぼ》とハーブのリースでクールにキメていたリビングのそこら中に、読みさしの女性週刊誌、封を切ったポテトチップスとその欠片《かけら》、インスタントコーヒーのしずくがこびりついたマグカップ、開いた新聞、何枚かのCDが野放図に広がり、その真ん中にお腹《なか》をすかせたミナが朝から晩まで着たきりのパジャマ姿で丸くなって眠っていた。

一日二日は我慢したが、三日続くと許せない。それでなくても組織の再編成が始まっていて、不要とみなされた人員への退職勧告をどうするか、毎日のように不毛な会議が続いて心身ともに疲れ切っていた。

「あのねえ。こんなこと言いたくないけど、お客さまとしてお招きしたわけじゃないんだから、使ったものの後片付けとか洗濯くらいはしておいてほしいんだけど」

気を遣って言ったつもりだが、ミナは泣きそうな顔で両手をウロウロと動かした。

「あ、ごめんなさい。あの、えーと」とあたりを見回すだけで、動こうとしない。

「……とにかく、ウチにはウチのルールがあるんで、言う通りにしてくれる？」

「はい！」ミナは真っ赤になって、美由紀が指示する通りにバタバタと動いた。

「生ゴミと燃えるゴミと燃えないゴミは、ちゃんとゴミ箱を分けてキッチンに置いてあるでしょう。蓋《ふた》に貼り紙しておくから、今度からちゃんとしてね。瓶と缶と紙パックとプラスチックのトレイは、きれいに洗って、ほら、それぞれ専用のポリ袋が置いてあるでしょう。それに分けて入れておく。紙パックは、分解してたたんでね。食器はつけおきしないで、よく泡立てたスポンジですぐに洗うようにして。レンジや調理台は汚したら、この拭《ふ》き取りクリーナーですぐ拭く。洗濯物は干すときに両手でパンパン叩いてしわを伸ばしてね。乾燥機のフィルターの綿ゴミはまめにとって。カーペットのゴミは粘着テープで取って。ジュースをソファやカーペットにこぼしたら、拭くんじゃないのよ、スポンジで叩くようにしてしみこませるの。ほら、廊下の物入れに専用のクリーナーとスポンジがあるの、見せたでしょ。それから」と言っている間に、あちらで皿が割れ、こちらで生ゴミ入れがひっくり返り、洗濯物はベランダ一面に散乱し、床にベタリと座り込んだミナは子供のように目をきつく閉じて、ヒーヒー泣いた。

「ごめんなさーい」としゃくりあげる様子はあまりにも幼く、美由紀はぞっとした。これでは美由紀は、まるでシンデレラをいじめる継母ではないか。

「……もういいから、テレビでも見てて」と差し出したティッシュペーパーでミナはチンと洟《はな》をかみ、テレビをつけて静かにしている。そして五分も経つと、バラエティ番組を見てケラケラ笑っているのだ。

ムッとしたが、我慢した。ことミナに関して、歩の思い込みは尋常ではない。美由紀にいじめられたと告げ口でもされたら、恨まれてしまう。

それにしても、この人は違うと思っていたのに、歩も美由紀の人生に面倒を持ち込んできた。自分の前世は奴隷商人か何かで、今、その報いを受けているのだろうか？

怒るに怒れず、モヤモヤする胸をなだめなだめ、幼児に言うように「ドアは開けたら閉める」「買物のレシートを捨てないで」「下着とハンカチは、同じ白でも一緒に洗わないの」と根気よく繰り返し、食事を用意し、着るものをあてがい、食べ方着方を見守った。これではほとんど保母である。

　厄介なものを引き受けてしまったと日に何度も苦い思いを噛み締めるのだが、毎日様子を聞くために電話をかけてくる歩の「美由紀さん。僕です」という声を聞くと、胸に温かいものが湧《わ》いてきて「こっちは大丈夫よ」と言ってしまう。電話だけでなく、歩とは外でもよく会うようになった。マサという名前の暴力男が歩を見張っている可能性があるため、美由紀の部屋に様子を見に行くのは控えているというのだ。正直に言うと、それも嬉しかった。

　そして、預かった日から十日目に「遅くなりましたが、ミナちゃんに掛かったお金の足しにしてください」と十万円を渡された。

「なんだか、養育費みたいね」と言うと、歩は「ほんとですね」と笑った。その笑顔を見て、ようやく「どうして、あなたがここまでするの」と訊けた。だが、目を伏せた歩が「僕は、ミナちゃんに借りがあるんです。若いときに、よくない時期があって」と言いかける途中で、止《と》めた。

「いいのよ。言いたくないことは、言わないほうがいいわ。このお金はお預かりして、全部済んだら精算しましょう」と、大人の顔を装った。いやな過去なら、聞きたくない。

「いえ、聞いてください」歩は、キリッとした顔で言った。

「初めて寝たとき、ミナは十五だったんです。僕は親とうまくいかなくて、大学も留年して、荒れてた。ミナはアパートの隣の部屋で男と暮らしてました。酔っ払って廊下で寝てたら介抱してくれたのがきっかけで、関係するようになりました。十五歳だと知ったときは、困ったなと思った。でも、暴行したわけじゃないから。そう思って、男がいなくなったのをいいことに一緒に暮らしました。だけど、大学をなんとか卒業して人の世話で職が決まったとき、捨てました。何も言わずに、黙って引っ越しをして。逃げたんです。未成年と関係してた、そういう自分を捨てたかった」

「そうはいかないわよ」思わず美由紀はそう言った。歩は、力を込めて頷いた。

「そうです。僕はひどいことをした。ずっとひっかかってました。ミナの幸せを確かめないと、自分も幸せになれないと思いました。それで、実家の住所を聞いてたんで、二年通って、ようやく居所のあてを訊き出して」歩は口惜しそうに顔をゆがめた。娘の行方を気にもしていない親の態度に、腹が立ったという。

「僕がなんとかしなきゃあと思って執念で探して、ようやく見つけたら、あの有様で」

歩は燃えるような目で、美由紀を見つめた。

「今度は僕が助ける番だ。そう思ったんです。だけど、美由紀さんがいてくれなかったら、ここまでやれなかった。本当に感謝してます」

美由紀は苦心して笑顔を返した。感謝は、愛ではない。愛に発展することもない。感謝はセクシーな感情ではないから。セクシーな感情は、自然に呼び捨てにされたミナという名前にこもっていた。

そして、二週間目にやっと「受け入れてくれるシェルターが見つかった」と連絡があったときには、ホッとすると同時にもうこれで歩から電話がかかることもなくなるのだと、少なからず寂しい思いがした。

「お世話になりました」頭を下げる歩の横で、ミナは「……ました」と口の中で言いピョコンとお辞儀をしたあと、ニタッと笑った。そして、自分のリュックと美由紀が与えた衣類を詰めた美由紀の使い古しのヴィトンのボストンバッグを提げて、歩が運転する車に乗っていった。窓に張りついて、バイバイといつまでも手を振りながら。

しかし、その三日後の夜更けに泣きながら戻ってきたときには、またリュックひとつしか持っていなかった。

3

「あそこはいやだって言うのよ」

ミナがシェルターから逃げ帰ってきた翌日の夜、連絡を聞いて部屋に飛んできた歩に、美由紀が説明をした。ミナは、話し合いをしながらつまめるようにと美由紀が用意したサンドイッチを下を向いてモソモソ食べている。

ミナを預かってくれたのは、フェミニストたちのボランティアグループが運営している民間のシェルターで、虐待された女たちが自立の道をみつけるまで共同生活をするというものだった。だから、シェルターの責任者は、ミナに質問したのだ。

どういう風に生きていきたいの？　どんな仕事ならできると思う？　それを考えてちょうだい――。

「三日間ずっと考えたけど、どういう風に生きたいか、全然思いつかないんです。あたし、テストって全然ダメで。だから学校も途中でやめたのに、また学校みたいなところにいるの、我慢できなくて」

だから戻ってきたのだと、ミナは涙をポロポロこぼしながらも、おもねるように美由紀に笑いかけた。

その顚末《てんまつ》を、美由紀は相当に困った顔をあらわにして歩に告げた。

「うちにいさせてほしいって、この子は言うんだけど」と言葉を濁しながら、歩が察してくれるのを期待した。果たして歩は「すみません」と、頭を下げた。

「わたし、シェルターに電話したのよ。逃げてきたわけだから、連絡しないといけないでしょう。それから、もう一度預かってもらうように頼もうと思って」

するると、あれから新たに二人受け入れたため当分余裕がないと丁重に断られた。その後で、シェルターの女性は厳しい調子でこう言った。

話を聞き、かつ観察したところ、ミナは虐待されている女性たちとは違うようだ。本人の性格自体かなり未成熟で、収容されてきた女性と差し入れのケーキの分け方を巡って口喧嘩《くちげんか》を始め、突き飛ばして泣かせた。相手の男性の暴力も一方的なものではなく、彼女のほうから始めて結果的に殴り合いになることもあったらしい。それを自慢げに話すところも、問題に思われる。そういう傾向をカウンセリングで是正していく必要はおおいにあるが、自分たちが対応する範囲を超えている。お友達の手で彼女の自立を支援してあげていただきたいと、心から願っている——

わたしは友達じゃありませんと言いたかったが、縁もゆかりもない他者のために頑張っている人を相手に、自分の都合を主張するのははばかられる。美由紀のプライドが「わかりました。置いてきた荷物はいずれ取りにうかがいます。お手数をおかけしました」と、電話を切らせていた。

だが——

「困ったわ」美由紀は歩に訴えた。「ミナさん、家には帰りたくないのね」と確かめると、ミナはコクンと頷いた。

「彼女は捨てられた子なんです。そんな親元に返すわけにはいきませんよ」

ミナをかばう歩の感傷的な言い回しに、美由紀は反感を覚えた。

子供を可愛がらない親がいるのは知っている。捨てられた子供が社会に適応できないというのもパターンだ。しかしモノの本によると、そんな境遇でも七割の人が立派な生活者に成長するという。結局は本人の問題なのだ。

美由紀の胸に怒りが湧いた。今まで目をつむっていたが、歩とミナの間にいわくがあるのはわかっていたが、今まで目をつむってきた。しかし、そういう男女間の問題を、よりによって自分に押しつけてきた歩に腹が立った。もしかしたら彼は、美由紀の自分への気持ちを知っていて、利用しているのではないか。

「わたし、この際だから言わせてもらうけど、この人にただ同情するのって問題だと思う」

歩の目が尖った。これで嫌われる。美由紀は自分にうんざりしながら、声を張った。

「この人、努力ができないのよ。教えれば、言われた通りにしてみせる。でも、一人でできるように、もっとうまくできるように、頭を使って考えて身につけようという気持ちがない。根気がなくて、すぐボーッとする。感情はあっても意志がないというのは、病気の一種よ。シェルターの人も、本人に自立の意志がなかったら、ふらふらと男についていって同じことの繰り返しになるって言ってたわ。ミナさん、きついことを言うようだけど、頑張ろうという気持ちがないんなら、これ以上うちにいてもらうわけにはいきません」

「……頑張ります」ミナは、下を向いたまま蚊の鳴くような声で言った。

「頑張るって、何を？」

「だから、洗濯とか掃除とか、いろいろ、ちゃんとできるように。あたし、美由紀さんが初めてなんです。そういうこと、きちんと教えてくれた人。美由紀さんといたら、あたし、今までよりよくなれると思うから、だから」

「そんな風に、一人じゃ何もできないみたいに思っているのが間違いなのよ。よくなりたいと思うんなら、人をあてにするんじゃなくて、自分がしっかりしなきゃ」

「やめてください！」歩が立ち上がった。そして、美由紀を厳しい目で見下ろした。

「そういう、責めるような言い方はやめてください。ミナには、ミナのいいところがあるんです」歩はそのままの姿勢で、強い声音で反駁《はんばく》した。

「確かに不器用だし、頑張り屋でもない。だからって、時間をかけて見守る努力もしないで、こいつはダメだとあっさり切り捨ててしまうのはひどいですよ」

そう言う目つきは、ほとんど睨んでいるように燃えていた。歩が美由紀を責めている。そう思うと、怒りより先に笑いたい気持ちになった。まるで、あのコネ坊やの言い草じゃないか。長い目で見ろ、か。自分の怠慢を棚に上げて。歩もコネ坊やと同じ、ただの甘ったれだったのか。自分はまたしても、ろくでもない男に惚れているのか。

大体、美由紀にミナをかばう責任などないはずだ。責任があるとすれば、それは……

「だったら、あなたが、時間をかけて彼女を見守ればいいんじゃないのかしら」

歩の頬が白くなるのを見て、美由紀の喉元に苦い味がこみあげてきた。それでも言わずにはいられない。歩との時間を持つために事を曖昧《あいまい》にしておいたのが、やはり間違っていた。はっきりさせなければ。自分も、彼も。

「シェルターなんかに頼らずに、わたしなんかを当てにせずに、あなたが面倒を見ればいいことでしょう。この人のいいところをわかってるということは、あなた、好きなんでしょう？　だから危険を冒して、引っ張ってきたんでしょう？　だったら、結婚すれば？　暴力男とは内縁だっていうから、ちゃんと結婚してしまえば、向こうは手が出せなくなるじゃない。取り返しに来たら、闘えばいいじゃない。それで殴られたら、傷害事件で訴えればいいのよ。あんな着の身着のままで連れ出しておいて、何をグズグズしてるの？」

「……結婚しようと言いました。でも、ミナがうんと言いません」

そう言うと歩は崩れるように椅子に座り、ミナのほうを向いて「やっぱり、結婚しよう。それが一番いいんだよ」と言った。ミナは下を向いて、サンドイッチを口一杯に詰め込んでむしゃむしゃ食べた。

歩は立ち上がると、ミナの前に立った。そして「結婚してください」と、頭を下げた。ミナはリスのように頰をふくらませたまま、激しくかぶりを振った。そして立ち上がると、リビングルームに続いている寝室に飛び込んでピシャリとドアを閉めた。

歩は頭を垂れたまま、立っていた。美由紀は彼のそばに行き、肩に手をかけて座らせた。

「ミナと話し合って、男と別れる決心はさせたけど、僕のところに行くのはいやだと、どうしてもいやだって」歩は深く頭を垂れて、うめいた。

それで、わたしのところに来たのか。つい、苦笑が浮かんだ。どうして、男はみんなわたしを頼るの？　頼り甲斐のない女だったら、思い出してもくれないの？　どうして……。

「どうして、ミナさんは結婚をいやがるのかしら。ミナさんはまだその男に気持ちを残してるんじゃないの？　あなたが連れ出したのは正しかったの？」

苦い気持ちのお裾《すそ》分《わ》け。そんな気分で、歩に訊いた。すると、歩も一瞬苦笑した。

「可哀想だから結婚しようというのが、いやだと言いました」

「そうなの？　哀《あわ》れだから、助けるために結婚するの？　それとも、本当に必要だから？」

「……僕は罪ほろぼしをしたいんです」

罪ほろぼし——

わたしは本当に男を見る目がないと、美由紀は思った。尊敬できる男についていきたいと思っているのに、惚れる男は揃いも揃って自分中心のロマンチストばかり。

「わたし、前言、撤回する」美由紀は立ち上がって、ハンガーにかけておいた歩のジャケットを取り、帰れと言う代わりに差し出した。

「ミナさんのこと、感情はあっても意志のない半端者みたいに言ったけど、間違ってた。ミナさん、わかってるんだ。あなたがこだわっているのは、自分じゃないってこと。あなたが好きなのは、あなたがこだわっているのは、正しいことをするあなた自身なのよね。思いやりがあって、弱い人間を黙って見過ごせない、男らしい男。ミナさんとのことは、そういうあなたの汚点なのよね。だから、取り消したがってる。ミナさんは、そんな気持ちで拾われるのがいやなんだわ」

わたしだったら、哀れみからでも結婚してくれって言われたら、すぐOKなのに。美由紀は、プライドを傷つけられてゆがんだ歩の顔を悲しく見つめた。

図星をさしてしまった。もうダメだ。自分の行動を分析して裁くような女に、誰が愛情を抱ける？

歩はうつむいて呼吸を整え、それから頭を上げた。男顔が、置きざりにされた少年のように気弱になっていた。

「だったら、そうだとしたら僕は、どうしたらいいんですか」

「悪いことをしたと思っているんなら、あの子に借りがあることを忘れないでいるしかないんじゃないかしら。いつでも力になれるように、心の準備をしておくしかないと思う」

あらあら、なんでまた、教える口調になるのかしら。私生活でまで、あんなにいやがっていた管理職をやっている。これで決まりだ。これからの美由紀は、歩が必要なときに手助けをする〈お姉さん〉になってしまった。

肩を落とした歩がエレベーターホールに行くまで廊下に出て見送ったあと、ようやく美由紀は後悔した。問題は何も解決していないのだ。ミナの心情に共鳴したが、だからといってこのまま面倒を見続けるのは難しい。やはり、なんとかミナを説得して、親元に帰るとか一人で暮らすようにしてもらうしかない、あるいは歩を呼び戻して善後策を話し合うべきかと玄関に佇《たたず》んだまま迷っていると、ドアホンが鳴った。

歩が戻ってきたのだろうか。「はい」と無防備に開けたドアの隙間が、グイとこじ開けられた。はずみでよろめいた美由紀は、シューズボックスにすがりついた。

若い男が立っていた。ステンカラーの平凡なコートを着て、左手で煙草の箱を握り潰している。端正な顔立ちが匂わせる育ちのよさを、乱れた前髪と血走った目が裏切っていた。

男は後ろ手でドアを閉めると「ミナ、いるんだろ。迎えに来たんだ」と美由紀を睨みつけた。マサという暴力男だ。目の先にあるコートから冷気が伝わる。今まで外にいて機会を待っていた証拠かと勘付いたが、男の険しい目つきに美由紀の心臓が百倍くらいにふくれ上がった。肺が酸素を求めるのに、喉は絞り上げられたように硬くなって動かない。口を開けたまま硬直した美由紀から目をはずし、マサは奥に向かって叫んだ。

「ミナ。ミナ、いるんだろう。帰ろう。迎えに来たぞ。出てこい」

マサと同じように美由紀も閉じたリビングのドアに目をやったが、コトリとも音がしない。隣でワッと空気が熱くなった、と思うとマサが靴のまま玄関に上がっていた。美由紀はあわてて、その腰に背後から両腕を回し、倒れかかりながらしがみついた。姿勢が変わって、ようやく声が出る。

「ちょっと……ちょっと待ちなさいよ。落ち着いて、話し合いを」

「うるせえ!」

首だけで振り向いたマサは、両手で腰に回っている美由紀の手首をつかむと強く締めつけた。しびれて手を離した美由紀の身体は、閉めた玄関ドアに叩きつけられた。痛みよりも、こんな目にあうことの恐怖で気を失いそうになったが、それでも美由紀はマサの脚にむしゃぶりついていった。何がなんだかわからないが、手足を振り回してくるマサの身体のあちこちにとにかく手をやってつかんだりひっかいたりしながら「ミナさん、警察、警察に電話」

と叫んだ。その内、ズルリと手が滑ったかと思うと、赤く膨れ上がったマサの顔が目の前にあった。セーターの衿をつかんで、自分のほうに引き付けている。振りかぶった拳骨《げんこつ》を見て、息が止まった。まともに顔を殴られる！

美由紀はきつく目を閉じた。悲鳴も出なかった。

鈍い音がして、急に身体が自由になった。と思ったときには廊下に倒れこんでおり、頭を抱えたマサが美由紀の膝近くにうずくまっている。その向こうに、中華鍋を両手で振り上げたミナがいた。

「美由紀さん、逃げて」吊《つ》り上げた目をマサに据えたまま、ミナが叫んだ。そのとき、うめき声をあげてマサがミナに向き直った。なんとかしたいが、美由紀は指一本動かせない。

「マサちゃん。帰らないと、警察呼ぶよ。警察なんかに捕まったら、マサちゃん、困るでしょ。おとなしく帰って。もう、来ないで！」

頭の上で、ミナが叫んでいる。いつのまにか、中華鍋を振りかざしたミナが美由紀とマサの間に身体をねじこんで立っていた。そして、脳震盪《のうしんとう》を起こしたらしいマサがふらつきながら身動きするたびに、その目から美由紀を隠すようにじりじりと動いた。

「なんでだよお」マサが涙声でわめいた。

「オレたち、仲良かったじゃないか。おまえがいないと、オレはダメになるじゃないかあ」

「あたしがいたって、マサちゃん、ちっともよくならないじゃない。あたしもそうだよ。二年間、ずっと同じだったじゃない。あたし、もう、何かっていうと殴り合うの、いやだ。好きだったらさあ、相手を痛い目になんか絶対あわせたくないって思うのがホントでしょ。気に入らないことしたからって、殴ったり蹴ったり、そうなっちゃう自分がヤなんだよお。マサちゃんのこと好きだったのに、いやになりたくないのに、いやになっちゃったんだよお」

「畜生」マサは床にひっくり返り、天井に向かって弱く吠《ほ》えた。

「今まで食わせてやったじゃないか。オレがいなかったらおまえみたいな女、一人で生きていけなかったんだぞ」

「違う！」美由紀の腰は抜けていたが、声は出た。

「この子を利用してたのは、あんたじゃない。殴っても離れていかなかったから。でも、見たでしょ。聞いたでしょ。この子、あんたなんかに、二度とついていかないわよ」

「てめえはなんだよお」フラリと半分立ち上がったマサを、ミナが中華鍋で威嚇《いかく》した。

「あ、あ、あなた、女だからって、中華鍋だからって、たいしたことないと思ったら大間違いだからね。フライパンで旦那殴り殺した主婦がいるんだから！」

美由紀が叫ぶと、マサより先にミナがギョッとした。

「それ、ほんと⁉」

取り落とした中華鍋が、マサの膝に落下した。

「イテエ！　コラァ!!」

マサの悲鳴は、怒りを含んでいた。今度こそ、本気で立ち上がる。美由紀は固まっているミナを杖《つえ》がわりにして、必死で起き上がった。そのとき、リビングで電話が鳴った。イチかバチか、美由紀はマサに言った。

「わたし、電話に出るわよ。それで助けを呼ぶわよ。無理やりこの子連れてったら、警察沙汰にしてやるからね。不法侵入やら拉致《らち》誘拐とかで、刑務所にブチこんでやる！」

そして、ミナの着ているトレーナーの背中を引っ張ると、リビングに駆け込んで鍵《かぎ》をかけた。そこで再び腰を抜かし、手だけ伸ばして電話をとった。

「小郡さん。水口《みずぐち》ですけど、何かあったんですか？」隣の主婦の緊張した声が聞こえる。

「大変なんです。警察を呼ばないと」大きな声で言うと、相手は「え!?」と息を呑んだ。同時に、バタンとドアの開く音、続いて引きずるような不規則な足音が遠ざかっていくのが聞こえた。

「お、小郡さん。警察って、ウチから警察を呼んでほしいってことですか！」マダム水口の声が、引きつった。

「いいえ。あの、とりあえず、帰ったみたいですから」

「とりあえずって、なんなんですか！　あ、主人が今見てみたら、男の人が走っていったそうですよ。喧嘩か何かですか？　困りますよ、何か事件でも起こされたんじゃ」

「あの、すみません。今夜のところは、大丈夫だと思います。もし、万一、夜中にでも騒ぎが起きるようでしたら、警察呼んでいただければ」

「それはそうしますけど、こういうコトはこれっきりにしていただかないと。ウチには子供もいるんですから」

マダム水口は明らかに美由紀を非難する口調を残して、電話を切った。美由紀は飛び立つ思いで玄関に走り、鍵をかけた。リビングに戻ると、座り込んだミナが呆《ほう》けたように一点を見つめている。美由紀は、まだ鍋をつかんだ形に曲がっているミナの指を両手で挟んでこすった。

「や、や、やったわね。中華鍋振り回して、カッコよかったわよ」

ミナは唇を震わせて、美由紀をすがるように見た。

「マサちゃんがあんな風になったら、素手じゃかなわない。あたしだけならいいけど、美由紀さん、どうなるかわからないから、だから、なんとかしなきゃと思って台所に行って、最初は包丁つかんだんです。でも、包丁なんか振り回したら、マサちゃんか美由紀さんか自分か、誰か刺しちゃうかもしれないでしょ。だから、他のモノ、他のモノと思ってみたら、これがあって。でも、でも、中華鍋でも殺せるんだ」

「エライ！」と叫んだ美由紀の声に、ミナはキョトンと目を見張った。

「は？」

「あんた、あんなメチャクチャなときに、ちゃんと頭を使って正しい武器を選んだじゃない。それはその、中華鍋でも殺せたかもしれないけど、でも、一発殴っただけで、あとはちゃんと言葉で説得しようとしたじゃない。今までなら、殴りまくりだったたんでしょ」

「――美由紀さんがいたから、美由紀さんに当たったらいけないと思って」

そのとき、急に苦しいほど胸が締めつけられた。気がつくと、美由紀は泣き出していた。

「美由紀さん、どうしたの？　ヤだ、どうしよう。やっぱり、どこか痛くしちゃった？」

ミナは「えと、電話。一一〇？　一一九かな、あれ、七だっけ」と、うろたえた。

「なんでもない、大丈夫だって。ほっとしただけだから」洟をすすりながら、美由紀はミナの肩を叩いた。それから急に現実に目覚めて、気がついた。

「あいつ、あきらめたとは限らないよねえ」

「さあ……」ミナは再び気弱な兎《うさぎ》に戻って、頼りなげに首を傾《かし》げた。「優しいときは優しい人なんですけど……」

「ここ、引っ越そう。多分、歩くんをつけてここまで来たんだと思う。すぐに遠くに引っ越せば、手がかりがなくなってあきらめるしかなくなるわよ」

「引っ越すって、だったら、あたしはどうしたら」

「あんたも一緒に行くのよ。もう、こうなったら、一蓮托生《いちれんたくしょう》よ。わたしがあんたの面倒見る。そして、自立できるようにしごいてあげる」

「いちれん？」

「一緒に闘うってこと。今夜、二人であいつ、やっつけたみたいに。その代わり、ちゃんと働いて、生活費を入れるのよ。家のことも、ちゃんと二人で分担してやるの。共同生活するんだからね。わたし、教えられること、全部教えるわ。できるでしょ？　やるでしょ？　できないってメソメソ泣いたり、キレて暴れたりする甘ったれだったら、今度こそ、ほんとに追い出すよ」

「ヤダ！　ここで頑張ります！」

「よし！」

ああ、また、こうなってしまった。男が女の子に代わっただけの話じゃないか。どうしてわたしは、厄介者ばかり自分の人生に引き入れてしまうんだろう。

美由紀は自分の指導のもと、荒っぽい手つきで紅茶を淹《い》れているミナを見て、ため息をついた。

だが、今度は今までとは違う。確かに、違う。マサに向かって中華鍋を振り上げたミナの勇姿が目に焼きついている。まるでアンナプルナのように頼もしく、美しかった。あんな風に身体を張って誰かに守られたことは、一度もなかった。いざとなったら、この子のほうがわたしより強い。夫のいる家庭には恵まれないけど、損得抜きで助け合える人生の友達に出会えた。

うつむいて思い出し涙にくれかけたとき、ティーカップの割れる音がした。とっておきのロイヤル・コペンハーゲンが……。

「ごめんなさーい。お湯が熱すぎてえ」

美由紀はゆっくり顔を上げた。そして、怒っていることを知らせるために、眉を高く上げた。

はずれっ子コレクター

1

可哀想《かわいそう》だたぁ、惚《ほ》れたってことよ。

誰が言ったか知らないが、粋《いき》な文句じゃありませんか。

時代がかった言い回しだから、もとを正せば世話物芝居の台詞《せりふ》かもしれない。身寄りがなくて苦労している哀れな娘が気になって、なにくれとなく世話をしてやる不器用な職人が兄貴分に言われるなんてシーンが思い浮かぶ。なんだかんだがありまして、結局、可哀想な娘と実直な男は裏長屋でつましくも幸せな所帯を持ち、可愛《かわい》い子供に恵まれて、めでたし、めでたし。

可哀想という漢字を見てるだけで胸がキュンとするのが日本人だと、オカマのコーちゃんは言う。

「可哀想だから惚れる」が持病の女と出会ったのは、コーちゃんが一人で切り盛りするバー〈ろくでなし〉でのことだった。

彼女は小学校の音楽教師。三十五歳の女盛りだが、見た目はひたすら、おばさんである。

茶色に染めたショートカット。「楽な着心地。洗濯機で丸洗いオーケー」が売り物のプルオーバーとロングスカートという着こなしが、まずおばさんくさい。それでも、首にきれいな色のスカーフを巻き、トンボ玉のイヤリングやネックレスをあしらって、おしゃれ心をのぞかせてはいるのだが、いかんせん、バスト、ウエスト、下腹、ヒップ、二の腕、太股《ふともも》、膝頭《ひざがしら》とまんべんなくむっちりしている、きわめてくびれの少ないプロポーションが、どう見てもおばさんである。

加えて、子なしシングル。昔風ならオールドミス、ちょっと前なら負け犬だ。口惜《くや》しいが、かく言うわたしも、三十二歳の旅行会社勤務。働くシングル、負け犬仲間。

あまりに絶妙なニュアンスにアテられてほんとに負けそうになっていた。

しかし、彼女、篠崎澄香《しのざきすみか》さんは「負け犬もいいものよ」と言うのである。なんとなれば、気が向き次第、自由に男に手を出せるから。

「結婚してたら、こんなふしだら、やれないじゃない。他《ほか》の人は知らないけど、わたしに限っては結婚したら旦那《だんな》さま一筋だもの。厳格な家で育ったから、根は古風なの。ルールとモラルは守るわよ。教師だもの」

うーむ。

その日、わたしのハートはささくれていた。

専門学校を卒業後、ツアコンになって十二年。結婚もせず、仕事一筋（泣ける）。今じゃ、本社で新人に仕事の心得を教える立場だが、先日、久しぶりに現場復帰した。教師の慰安旅行に新人の補佐として同行させられたのだ。

警察と教師の団体旅行は荒れる。これは業界内の定説だ。

酔っぱらっての狼藉《ろうぜき》がはなはだしく、威張って無理難題は言うわ、いつまでもダラダラ宴会を続けてそこらじゅうにゲロを吐くわ、ところ構わず裸になるわ、仲居にセクハラするわ、つかみ合いの痴話喧嘩《ちわげんか》を始めるわのツアコン泣かせ。それだけに、うちの会社ではこれを修業の場と称して、見込みのある新人、もしくは中だるみ気味の根性なしを送り込むと決まっている。

ただし、新人の場合は一人でやれないので後見役がつく。大概、身体《からだ》が空いている先輩をつけるのだが、予定していた人物が出発前夜にヘルペスにかかったと電話してきた。やむなく、わたしが代役を要請、というか命令されたのである。

新人は調子がいいだけの青二才で女教師にちやほやされて喜んでいたが、それが面白くない男性教師や校長、教頭のおっさん連中は、わたしを標的にした。

新幹線の車内からなんだかんだと用を言いつけられ、しょーもない質問をされ、そのたびに触られた。宴会が始まったら早速「まあ、一杯」が始まり、「飲めないんです」と断っても「そう言わず、ちょっとだけ」と迫られる。学年主任と教頭と校長の三人はそれぞれ、修学旅行をどこに委託するかの権限は自分にあるからと餌《えさ》をちらつかせて、暗にやらせろと迫った。

無論逃げまくったが、そこは立場というものがあるから、あくまで穏やかに作り笑顔でかわすのである。深夜の露天風呂で口惜し涙にくれていたら、集団のぞきの憂き目にあった。新人のツアコンにセクハラ対策を教える身でありながら、現実には無事なデスクワークが続いていたせいで、すっかり抵抗力が失われていたようだ。なんともいえない鬱憤《うっぷん》が消えず、プチ鬱病に陥った。

会社の上司はみんな男だから、この不愉快さを訴えても「なにも今に始まったことじゃなし。実被害にはあってないんだし、切り替えなさいよ。あんたも、いい歳《とし》なんだから」と来た。ひどい。とくに最後の一言が腹立たしい。しゃがんで痛みに耐えているところを、上から蹴倒《けたお》された。

こうなったら、逃げ場はひとつしかない。〈ろくでなし〉だ。

ビルの隙間《すきま》に、誰も見ていないときにやっつけ仕事で建てたみたいなバーで、カウンターの中に、金髪のカツラをつけ越路吹雪《こしじふぶき》そっくりのメイクをした初老のコーちゃんがぽつんと座っている。そういう店だ。

常連というわけではない。が、激しくへこんだときには行く。オカマのコーちゃんにはなんでも言えるから。

その晩も、ぎーっとお化け屋敷のような音を立てるドアを開けて顔をのぞかせると、コーちゃんが「足、見せな。ちゃんとあるの。たった今、死にましたみたいな顔して」と、しゃがれ声で迎えた。

わたしはすりきれた革のスツールにへたり込み、先公ツアー・セクハラ事件について切々と訴えた。コーちゃんはいつものように上手に合いの手を入れて、慰めてくれた。

それでようやく気を取り直し、陰陽師《おんみようじ》気取りで先公野郎に呪《のろ》いをかけていたら、カウンターの隅っこから「いやー、申し訳ないわねえ」とやたら明るく謝られた。

それが、澄香さんだった。

「ごめんなさい、割り込んで。でも、先公がどーたらこーたら言うのが聞こえたものだから、つい耳がアンテナ立てちゃって。当の先公なもんでね。いや、喧嘩売りたいんじゃないのよ。先公のはしくれとして、謝っとこうかなと思って」

ふっくらした頰《ほお》をピカピカほてらせた彼女は「そっち行って、いい？」と言ったときには、もう水割りのグラスをつかんで立ち上がっていた。

バーでは、こういうことはよくある。わたしも酔っていたから「どうぞどうぞ」とばかり半身になって迎えた。彼女は「よっこらしょ」とかけ声つきで、隣のスツールに腰掛けた。そして、自己紹介するやいなや、話し出した。

「だけどね、弁解させてよ。ストレスたまるんだから、先公は。親は勝手だし、教育委員会は現場を知らない事なかれ主義。ガキどもは悪魔のように悪賢いしさ。大体、元気盛りの子供が三百人いるところに毎日いてごらん。疲れるから。仲間同士で遊びに行ったときくらい、普段封印してる悪い子の自分を解放させたくなるのも無理はないのよ。大体、旅行って、ストレス解消のためのものでしょう。おたくはそれを売ってるんだからさ。お願いしますよ。思い切りバカをやらせてあげてよ。大人はお互い、我慢し合わなくちゃ」

「それはわかってますよ」

優しげなニコニコ顔をして、口ではきっちりやり返された。わたしは思わずムッとして、受けて立った。

すると、コーちゃんが「はいはい、ここはみんながストレス解消しに来るところ。ピリピリするんなら、帰ってもらうよ。じゃないと、わたしのストレスがたまっちゃうじゃないか」と割って入った。

「でもさ、普段悪い子を封印してるなんて、あんた、よく言うねえ」と、澄香さんに振り、それからわたしに教えた。

「この女の男好きなことったら、もう、女教師の乱れる午後なんてタイトルのAVにしたいくらいなんだから」

「それほどじゃないわよ。やーねー」

澄香さんはケラケラ笑った。

「男は好きだけどさ。でも、そんなの、女だったら当たり前よね」

「わたしも好きだよ、オ・ト・コ」とコーちゃん。

「そうそう。コーちゃんも、それからあなたも、好きよね、男」

よく通る声で朗々と決めつけられ、わたしはぶすっと「男によるけど」と答えた。

わたしは、アルコールのせいだとしても、人前で男が好きだと大声で言う女が好きではない。性的なことをあけすけに話せるさばけた女なのよと誇示して、何かいいことがあるのかと思う。不愉快だ。

それに、わたしが好きなのは男ではなく、好きな男と愛し合うことで、えーと、この言い方も誤解を招くな。要するにセックスは二の次だし、男全般が好きなわけではないと言いたいのだ。

付き合う相手に関しては、妥協したくないと思っている。どんな男こんな男と口では言えない、出会った瞬間にピンとくる、そんな運命のめぐり逢《あ》いを信じたい。負け犬がシンデレラ気取るな、なんて言うやつは表に出ろ。

心の中で吠《ほ》えたら、まるで聞こえたかのようなタイミングで、澄香さんが深く頷《うなず》いた。

「そうよね。誰でもいいわけじゃないわよ。付き合う男って、自分の反映でもあるわけだからね。タイプっていうのが、当然あるわよね」

「でも、乱れる午後なんでしょう?」わたしは意地悪く突っ込んだ。

「誰と乱れてんですか。同僚とか生徒の親とか、あ、もしかして、教え子とやるとか?」

これじゃ、酔ってセクハラする教師に文句を言えないが、それほど、そのときのわたしはすさんでいたのである。

「それはダメよ。小学校だもの。この頃の子は体格いいから、大人並みの子もいるけどね。子供は子供。問題外」

澄香さんは背筋を伸ばして厳しく言った。

おー、教師魂はあるようだ。見直そうかと思ったら、きりっとした面持ちで「わたしの好みは二十三歳以上、二十九歳未満。社会人なりたてホヤホヤあたりから、おじさんになる不安で揺れている年頃にフェロモン感じるの。これは、はっきりしてる」

なんだ、そういう問題か。

「この女はね、趣味が悪いんだよ。考えられないよ。ゲテモノ食い」

コーちゃんは、おぞましそうに眉《まゆ》を寄せた。

「ゲテモノはひどいわよ。はずれっ子と言ってちょうだい」

「はずれっ子？」

聞き慣れない言葉を、わたしはオウム返しに繰り返した。

澄香さんは頷き、いそいそと携帯を持ち出した。待ち受け画面の男の顔を見せるためだ。

「う」

それがわたしの感想である。それ以上、言葉が出ない。

前髪を眉の上で切り揃えたおぼっちゃまカット。丸い眼鏡《めがね》の向こうの細い目。自信なさそうに中途半端に開いた口。なで肩。スーツの中で軟弱な肉体が泳いでいる。学芸会で無理やりお父さんをやらされている子供みたいだ。

「ミツルくんっていうの。二十九歳なのよ。可愛いでしょう」

澄香さんの嬉《うれ》しがりようは、ほとんど孫の写真を自慢げに披露するおばあちゃんだ。しかし、これを可愛いと言われてもなあ。

「童顔ね」

かろうじて、わたしは大人の対応をした。だが、タガがはずれているからすぐに本音が続く。

「二十九でこれじゃ、不気味」

「そうなのよ」澄香さんは、身をよじって笑み崩れた。

「モテなさそうでしょう。はずれって感じでしょう」

「だから、はずれっ子？」

思わず確認したら、澄香さんは「そうなのお」とますます嬉しそうだ。

「こういうのに弱いの、わたし。もう、いじらしくて、愛《いと》しくて、ぎゅーっと抱きしめたくなっちゃう」

「で、ほんとに抱きしめちゃうのよね」

コーちゃんが合いの手を入れる。

「そう」満面の笑みで頷く澄香さん。

「で、食っちゃうのよね」

「違うってば。一夜の愛を分かち合うのよ。やあん、恥ずかし〜い」

一人で盛り上がる。

なんなの、この女。そういう目を向けると、コーちゃんは次のようなエピソードを話してくれた。

ストレートの友達がやっているバーに澄香さんと顔を出したときのことだ。客の一人が色男のバーテンダーに「バーテンダーやりまくり説」の検証のためと前置きして、今までに何人の女と寝たかを質問したところ、彼はしばらく考えて、四十歳の今までにおよそ四十五人と答えた。

それを聞いた澄香さんが、間髪入れずにこう言った——すごいわねえ。負けたわ。わたしなんか、三十五歳と三カ月のきょうまでで、やっと二十三人だもの——。

わたしは目をむいた。

「ね。女教師の乱れる午後よ」

コーちゃんがしたり顔で言うと、澄香さんは「あら、シングルだったら、このくらい普通よ」とのたまうだけでなく、わたしの肩に顎《あご》をのせて「ねえ」と同意を求めた。

「普通じゃないと思う」

わたしはむすっと言い返した。

「ちょっと多いかもしれないけど」澄香さんは、渋々譲歩した。

「でも、誤差の範囲内よ。一回だけっていうのも数に入れると、このくらいにはなると思うけどな」

真面目《まじめ》な顔で主張されるとそんな気がして、一回だけを含めても三十二歳と八カ月のきょうまでに五人ぽっちのわたしは、心中穏やかではない。

だが、相手がゲテモノじゃなあ。量より質でしょう、男遍歴は。

質を問われたら、わたしだってトホホなんだけど。

2

澄香さんは、付き合ったはずれっ子たちのポートレートを保管している。写真付き携帯が登場するまでは、デジカメを使っていたそうだ。おっと、それより前がある。

二十三人のうち、最初の十人はフィルム写真だ。それは定期入れに入っている。色があせて、はじのほうに折り皺《じわ》ができている。それ以降はデジカメで撮ったもので、メモリーカードに収納してある。待ち受けに使っているのは最新のお気に入りだが、その日の気分でチェンジできるよう、常に五、六人の顔を待機させているとか。

その全部が現在進行形なのではなく、フェイドアウト中のもいる。しかし、はずれっ子は完全にフェイドアウトしない。何かの加減で離れても、ときどきコンタクトを取ってくるそうだ。

澄香さんにとってもこれが本命と決めて付き合う相手はおらず、常に二股《ふたまた》三股状態。既に連絡の途絶えた者もこうしてポートレート集に収めて、ときどき眺めては「元気でいるかしら」と思いを馳《は》せるという。

最初に見せられた不気味な童顔はましなほうだとコーちゃんに教えられたわたしの中で、好奇心が動いた。他には、どんなひどいのがいるのだろう。

「出川哲朗みたいなの、いる？」

嫌われ者で売っているタレントの名前を出すと、意外なことに澄香さんは顔をしかめた。

「ああいう押しの強そうなのは、どうもねえ。外見が足りないぶん、他でなんとかしてアピールしようっていう、やる気で溢《あふ》れかえってるでしょう。あれが嫌われる原因なのよね。だけど、あのタイプは自分が好きなのよ。だから、僕を見て僕を見てって、平気でどんどん押してくるの。で、押しが強くてまめなのに負ける女っていうのもいるから、あれはあれで、けっこう相手に不自由しないのよ」

ほー。

わたしは思わず、納得の息をついた。言っていることは、よくわかる。

「わたしが好きなのは、自信がなくて、後ろへ後ろへ後ずさりしちゃう子なの。もう、可哀想で可哀想で」澄香さんは身もだえした。

可哀想という言葉が舌なめずりに聞こえるなんて、初めてだ。

「他のも見る?」

澄香さんは、携帯をわたしの目の前でひらひらさせた。好奇心を見透かされたようでしゃくにさわったが、ここは断るほうが大人げない。

「しからば、後学のために」とかなんとかもったいぶって、携帯を受け取った。

不気味な童顔のアニメおたく（ネット上で戦闘美少女ファンサイトを運営しているそうだ）をその1とすれば、その2は、額が狭く、鼻が短く、受け口で下顎が出ているという、ペンチで上下をはさんでつぶしたような、いびつな顔立ちの持ち主だ。極端な前傾姿勢でカメラを下から見上げ、気持ちの悪いニヤニヤ笑いを浮かべている。

「この子はね、しゃべれないのよ。何か訊《き》いても、はぁと、あぁしか言えないの」

しゃべらなくてもすむ家電の修理が仕事だそうだ。

外見にも問題が多いが、モテない原因が口下手《くちべた》だとしたら、同情の余地がある。ツアコンをしてはいるが、実は自分の気持ちを表現するのが苦手なわたしは、無口を欠点に数えたくない。だから、いいほうに評価してみた。

「シャイなのね」

「バカなのよ」

澄香さんは、嬉しそうに言い切った。

「漫画も読まないのよ。テレビもバラエティ番組しか見ない。だから、言葉を知らないの。森に捨てられて、狼《おおかみ》に育てられたって感じ」

「それほどワイルドに見えないけど」

「じゃあ、パンダに育てられたかな。のそのそしてて、いきなりでんぐり返ししたりするから」

それは、ワイルドだわ。

その3。これはちょっと可愛い。

「あら、ジャニ系じゃない。これのどこが、はずれなの」

「帽子かぶってるからわからないけど、はげてるのよ。それも、頭のてっぺんからまーるく。サラサラして細い赤ちゃんみたいな髪の毛でね、ちょっと触っただけで満開の桜みたいにハラハラ抜け落ちるのよ。だから、頭触ると怒るの」

「いっそ、スキンヘッドにすればいいのに」わたしは思わず、改善策を提案してしまう。

「スキンヘッドは、面長でキリッとしたサムライ顔じゃなきゃ」コーちゃんが否定した。

「この手の顎の短い少年顔がスキンヘッドにしたら、マルコメ坊やになっちゃう」

「マルコメ坊や、可愛いけどな」

「そこなのよ」

澄香さんは指を鳴らした。

「男が思うほど、女ははげに抵抗ないのよね。いけないのは、この中途半端さよ。バーコードだの九一分けだの、はげであることを認めまいとする無駄な抵抗のほうが情けなくて、いやよね。でも、その踏ん切りの悪さ、未練がましさが、男の男たるところなのよ。とくに、この子はまだ二十五よ。この顔だから、ついこの間までモテてたのに、すごい勢いではげていくもんだから、どんどん崩壊していく自己イメージに気持ちがついていけなくて、ちょっとしたパニック状態ね。外に出るときは帽子かぶってる。極力脱がない。普通のサラリーマンだけど、農業に転職しようかって悩んでるのよ。あれだと、キャップとかタオルかぶってるのが普通だから」

「お坊さんになっちゃえばいいのに」わたしが芸のない冗談を言うと、

「それも考えてるのよ。バカよねえ」

澄香さんは朗らかに笑った。

「このバカさ加減が、可愛くて。実際、前髪、後ろ髪はあるのに、真ん中をはげらかしてる状態だと、モテないもんねえ。今はファッションで坊主頭にするのが流行《はや》ってるんだから転身しやすいのに、ダメなのよ。養毛剤や増毛法にしがみついてるの。でも、あそこまでいくと、業者にカツラを勧められるのね」

試しにカツラをつけてみたら、鏡の中にモテていた過去の自分が再び現れた。それだけに、ぱかっとカツラをとったときの現在進行形がより滑稽《こっけい》に見えて――。

「泣けたそうよ。カツラが脱げるっていうのは、ギャグの定番じゃない。自分がピエロに見えてしょうがなかったって」

「カツラははげより惨めだと思うんなら、スキンヘッドに踏み切るチャンスじゃない」

わたしはなぜかイライラし、友達でもなんでもない若はげはずれっ子を更生させるべく、むきになって主張した。

「はげてモテなくなるのが怖いんだったら、女は丸はげがそれほど嫌いじゃないって教えてやればいいのに」

けれど、澄香さんは首を振る。

「この子が自らのはげと共存する道を見つけたら、はずれっ子じゃなくなっちゃう。そうなったら、わたしとは終わり。わたしとしては心ゆくまで、無駄な抵抗、不毛な懊悩《おうのう》を続けてほしいわね」

「澄香さんって、もしかしたら意地悪なんじゃない？」

「あら、そんなことないわよ。わたしはあるがままのこの子を、可愛いなあと思ってるだけ」

そうかなあ。はげを気にして苦闘しているのが可愛いなんて、やっぱり人の不幸の蜜《みつ》の味を喜んでる悪魔大王のような気がする。

さて、その4はデブである。

上を向いた鼻を横から埋める勢いのふくらんだ両頰。細い目。顎がない。首もない。頭の下はすぐ肩。ぷよぷよ、たぷたぷと音が聞こえそうなポロシャツの下のゆるんだ肉。百二キロあるそうだ。

ペットになる豚がいるように、可愛がられるデブがいる。食べるのが好きで、喜んでデブになっているタイプと言おうか。見るからに温顔で、まわりをホッとさせる癒《いや》し系デブ。感じがいいから、デブにもかかわらず女受けがする。デブで売ってる石塚英彦とか伊集院光が、その典型だ。

だが、不安や孤独を紛らわせるための過食で太ったデブはコンプレックスと不幸の塊だから、いやな「気」を全身から発散している。当然、モテない。いじめの餌食《えじき》にもされやすい。

その4はこの手のデブだ。だから、はずれっ子になるのだが。

「デブって、おんなじ顔になるんだよね。こういうのは痩《や》せたら、けっこう見られるようになるよ」

コーちゃんが言う通り、このデブはデブでなくなったら見違えるだろう。だが、性格が弱いから容易にリバウンドするのも、このタイプのデブなのだ。それにしても。

「こんなのと、するの？」

わたしは思わず、訊いた。

「すごい汗かきそうね」コーちゃんが自分で言って、耳をふさいだ。

「いやあ、想像しちゃった。サイテー」

「あら、わりといい気持ちよ。向かい合ってね、彼の股《もも》の上に乗るの。それで、ブーランブーラン、揺りかごみたいに揺らしてもらうわけ。お相撲《すもう》さんがやる体位なんだって」

澄香さんの説明に、あけすけなセックス話嫌いのわたしも、きっちり想像して納得した。そう悪いものでもないかもしれないと思えてくるところが、怖い。

その5は、めちゃくちゃ顔が濃い。平井堅そっくり。

「悪くないじゃない」と、コーちゃん。

「ところが、ダメなのよ。おそろしく暗いの。実は人を三人ばかり殺してます、その霊に取り憑《つ》かれてます、みたいなジメーッとした顔で、隅っこのほうでじーっとしてるの。平井堅みたいに歌がうまけりゃなんとかなるんだけど、音痴だしね。彼こそ、口下手。たまにしゃべると、蚊の鳴くような声だから何度も聞き直さなくちゃいけない。舌が短いのか、発音もへんなのよ。この顔だから、よく出稼ぎ外国人と間違われるのよね。この子は、その点でもコンプレックス強いの。それで暗くなる。暗いから、はずれにされる。悪循環よね」

そうだな。翳《かげ》があるのはセクシーだが、ジメッと暗いのはいただけない。お笑い芸人が女たちに人気があるのは、一緒にいたら楽しい気持ちにさせてくれそうだからだ。

楽しいのが、いい。ハキハキしているのがいい。

普通、そうだろう。日常生活なんて、そう楽しいものじゃない。だから、わたしたちはできるだけ楽しく笑える時間が欲しいのだ。友達も恋人も伴侶《はんりょ》も、一緒にいて楽しい人がいいに決まってる。

なのに、なんで澄香さんは、そうじゃない男ばかり拾って歩くんだろう。

ゲテモノ食いだから？　偏った趣味ってことで片付く問題なんだろうか。

その6は、ポロシャツにハンチング、片耳ピアスとクラブのMCみたいな服装で決めているのだが、似合ってない。というか、この格好に照れている様子。

「この子はね、こういうファッションが好きでもなんでもないのよ。ただ、こういうのがカッコいいんだと思い込んでるの。鏡の前ではポーズを取ったりできるんだけど、外に出たら怖くなっちゃうのね。だから、こんな風にいっつも人の顔色うかがうような目つきしてる。それで、嫌がられるんだけど、卑屈な目つきってなかなか直らないんだよね。弱虫の甘えん坊。人のことを羨《うらや》ましがってばっかりいる。自分が全然見えてないの」

あー、いますね、そんな人。というか、わたしもそういうところ、あるな。

わたしは、いじけた表情のその6をつくづく眺めた。こんなのと付き合いたくない。一分でも、なつかれたくない。だけど、この子の中味は、わたしとそんなに違わない。

わたしのほうが、ましなだけ。容貌《ようぼう》もそこそこ、頭の出来もそこそこで、社会に一生懸命順応してるから、なんとかはずれずにすんでるけど。でも、人目は気にする。素敵な恋人がいる人は、心底妬《ねた》ましい。特別な才能に恵まれて、賞なんかとってる人を見ると、なんで自分にはなんの才能もないんだろうと悲しくなる。

才能がないから、激安が売りの国内旅行のツアコンなんかやって、欲求不満のおっさんたちにセクハラされるような、なめた真似《まね》されるんだ。

わたしの人生って、まるごとはずれみたい。はずれぶりが、この男たちみたいにわかりやすくないだけだ。

3

「他には、どんなはずれがいるの？」

なんとなくはずれっ子にシンパシーを感じ始めたわたしは、優しい気持ちになって澄香さんに質問した。

「他は大体似たようなものよ。はずれっ子のパターンって、たったひとつだもの。ズバリ、貧相な外見」

「人間は、外見じゃないのにねえ」

わたしが言うと、コーちゃんが鼻を鳴らした。

「なに、きれいごと言ってるんだよ。人間は見た目よ。見た目がすべて。あんただって、見た目で人のこと、選別するでしょう?」

「そんなこと……」

あります。そうでした。まず、顔を見るものね。だけど、整った顔立ちを求めてはいない。

「見た目のポイントって感じがいいかどうかで、きれい不細工の問題じゃないと思うけど」

「きれいじゃないと、いや」

オカマは基準が厳しい。そこへ行くと、さすがははずれっ子好きの澄香さんは言うことが違う。

「造作はどうしようもないけど、外見って気の持ちようでかなり変わってくるものだと思うのよね。生徒見てると歴然よ。ちょっとほめると、デレーって笑う。そうすると、どんなちんくしゃでも可愛くなるの。気持ちって、顔に出るものじゃない。その点、はずれっ子たちは不細工な外見に負けてる気持ちが暗いオーラとなって、ますます情けない顔立ちになっちゃってるんだと思う」

「その情けないのが、いいわけ？　わかんないけど、あれかしら。ゲイの世界には、デブ専とかフケ専とかあるじゃない。ああいう倒錯した趣味ってこと？」

半分はコーちゃんに向けて質問したら、「あんた、倒錯はないよ」と、たしなめられた。

「デブ専フケ専は、倒錯抜きのただの趣味。ゲイは自分たちの性向の分析がストレートよりはできてるから、何が好きか、何に萌《も》えるか、わかってるだけのことだよ。ストレートの男や女にだって、うんと年上が好きとか、指さえきれいなら顔はなくてもいいとか、逆にゴリラみたいなのにぐっとくるとか、好みがあるはずよ。男はみんな巨乳の小娘が好き、女はみんなジャニ系が好きと世間は決めつけがちで、うっかりすると本人たちもそんな気になってるけど、ほんとは違うんじゃないかい。うちに来る男も女も、口を揃えていいのがいないって嘆いてるけどさ。ほんとはどんなのが好きかわかってないから、見つけられないんじゃないのかねえ」

わたしは考え込んだ。

運命の人なら一目でわかると決めつけてるのは、どういう人が好きなのかわかってないからか？

そもそも、好みのタイプってあるんだろうか。不細工よりはきれいなのがいいけど、きれいな根性悪や、きれいなDV男や、きれいなバカタレは願い下げだ。

わたしの今までの五人を総括すると、共通点は肩幅の広さ。そして、明朗な笑顔。

最後の一人と二年前に別れて、その後、ひとつも出会いがないのはなぜだろう。見つけられない、わたしのせいなの？

「その点、この女は好みがはっきりわかってる」コーちゃんは、澄香さんを顎で指した。

「おぞましい趣味だけどね。倒錯というより、こりゃ、変態だね」

「なんとでもおっしゃいませ。愛は強し」

澄香さんはにんまりした。三十五歳で二十三人こなした余裕が感じられる。五人のわたしのとうてい及ぶところではない。こうなったら、お勉強しよう。

「こういうはずれっ子たちと、どうやって出会うの。合コンとか、するの」

「先公って、めったに合コンしないのよ。立場があるから。だけど、何かと会合はあるのよね。勉強会とか懇親会、どこかで何か事件が起きると対策委員会とか。窮屈じゃないところでは学生時代の同期会、卒業した教え子のクラス会。とくにクラス会が狙《ねら》い目」

うふふ。澄香さんはほくそ笑んだ。

クラス会は生徒が幹事になるから、若い子が集まる店でやることが多い。そういうところでは、たいてい合コンらしきグループ同士の飲み会が行われている。澄香さんは招かれたクラス会で生徒たちに話を合わせる傍《かたわ》ら、よその合コンをウォッチングして、はずれっ子を拾うのだそうだ。

合コンには、はずれっ子が必ずいる。ときには、はずれっ子ばかり三人かたまっているときもあるが、そのときは中でも一番はずれているのに狙いを定めるのだそうだ。

「なんて言って、近づくの？」

「なんでもいいから、質問するの」

たとえば、相手が飲んでいるものや食べているものを、それは何かと訊く。それをきっかけに、あっちの会合でちょっと退屈しちゃったから、少しおしゃべりの相手してくれないかと持ちかける。

「小学校の音楽の先生という身分を最初に明かすと安心するみたい。初対面だけど、音楽は苦手でとかなんとか、ちょろっとしゃべるよ。なにしろ、はずされちゃってるから、気持ちを持て余してるじゃない。誰か話し相手が横にいるだけで、慰めになるみたい。仕事のこととか訊き出して、ちょっとほめるの。働き者の手をしてるとか、まつげが長いのねとか、声がいいとか」

「はずれっ子にも、いいとこあるんだ」

「その気になって探せば、あるわよ」

これは教師のテクニックでもあると、澄香さんは言った。恥ずかしがり屋や音痴の生徒に歌わせるためには、いいところを見つけてほめる。

いい声してるよ、もっと思い切り出して、先生に聞かせて。歌だと音がとれないんなら、笛を吹いてみよう。あんたの元気を息にして、プープー吹くだけで笛は歌うのよ。

その調子でひとつだけでもほめて、決めの一言。

「今日はあんまりいい日じゃなかったんだけど、あなたに会えて持ち直した。楽しかった。そう言うと、これで終わりって感じになるでしょう。そうすると、向こうはあれって顔になるの。あれ、行っちゃうの、僕を置いて、みたいな。そのときを逃さず、せっかくだから一杯だけ一緒に飲みに行こうかって誘う」

「そしたら、ついてくるの？」

そうだろうなと思いつつ確認すると、答えは「ほぼ、百パーセント」だった。

出来たてのカップルが抜けていく中で取り残される。そのやるせなさは、わかる気がする。そこに一緒にいてくれる人がいたら。それが、あったかくて優しそうな人だったら。

このチャンスを逃したら、次はないかもしれない。はずれてばかりの過去が、そう囁《ささや》く

——。

　そりゃ、ついていっちゃうでしょう。

「そこから先は、普通の出会いと同じ」

　飲んで、酔って、理性のストッパーをはずして、「送ってくれる？」「ちょっと寄ってく？」で、ねぐらに連れ込む流れとなる。そして。

「やっちゃおうかって言ったら、むしゃぶりついてくるわよ。それで、終わったあとは夢でも見たみたいな、信じられないって顔するの。自分にこんなことが起きるなんて、ほんとだろうかって、ぼーっとしてる。あれがたまらないな。いじらしくて、可愛くて。食べちゃいたくなる」

「もう、食っちまってるだろうが」

　コーちゃんに返されて、澄香さんはキャハッと笑った。

「そうなんだけどね。大人になったら、あれほど開けっ放しの顔にはなかなかなれないものよ。自意識が邪魔するもんねえ。ところが、自意識過剰でコンプレックスに負けてた子の自意識は、ああいったことがあると一瞬ふっとぶのね。わたしはあの顔が見たくて、はずれっ子あさりをしてるのかもしれない」

　ピンクの頰で遠い目をする澄香さんを見つめ、わたしは思った。

この人はもしかしたら、恵まれない男に愛を配給するマザーテレサなのかも？

4

それから、わたしは考えた。

いじらしいという感情を、わたしは持ったことがあるだろうか。

好きな男は可愛いものだ。でもそれは、照れ笑いをしたとか、食べ物をこぼしたとか、何か子供っぽい仕草をしたときで、母性本能を刺激されるが、多分、いじらしいというのとは違う。

可哀想だたぁ、惚れたってことよ。

だけどわたしは、可哀想な人と付き合いたくはない。惨めだから、哀れだから、なんとかしてやりたいなんて、思ったことがない。

でも、それは「いじらしい」の味を知らないからではないか？

三十過ぎてシングル子なしの負け犬が、この後もずっと続く人生で負けをせめてトントンにまで盛り返すためには、愛情生活を充実させるしかないのでは？

そのために、今まで手を出さなかったジャンルに挑戦してみようというのは、浅ましい気もするけど、やってみたって今さら失うものはない。

わたしは澄香さんに、はずれっ子とのデートをアレンジしてもらうことにした。手持ちの中からお勧めを紹介してもらおうというのだ。

澄香さんは一応と前置きして、わたしの好みのタイプを訊いた。

澄香さんの研究の結果、はずれっ子とモテっ子（と便宜上言っておく）の間には、決定的な差はないのだそうだ。絵を描いて説明してくれたのだが、整ったパーツを段階的にちょっとずつ崩していくと、はずれっ子顔になる。しょせんは同じ人間だから、はずれっ子はモテっ子のバリエーションに過ぎないと言うのだ。そう言われてみれば、そうなんだけど。

とにかく、心惹《ひ》かれるポイントは広い肩幅と明朗な笑顔と告げると、しばらく考えてポンと手を打った。

「いる。手打ちうどん作ってる料理人だから、たくましいよ」

「あ、うどん、大好き」

「じゃあ、話してみるね」

お願いしますと頭を下げたが、すぐに気になった。はずれっ子になっている理由はなんだろう。おずおず問い合わせると、背が低いということだった。

「それだけ？」

「女にとっては、チビはハゲより得点低いじゃない」

「あー、そうかも」

でも、わたしは身長にはこだわらない。そう思った。

その昔、身長は学歴や収入と並んで高いのがいいとされていたらしいが、ふん、バカらしい。学歴や収入は能力と直結してるけど、身長なんか、ただの生まれつきじゃないか。どこのバカがそんなことを結婚の条件に加えたもんだか。

背が高くていいことなんか、高いところにあるものを取りやすいくらいのものだ。それだって、踏み台があれば事足りる。逆に、デメリットはどうしようもない。映画や演劇を見るときに、後ろの席の人の視線を遮るから迷惑がられる。背の低い上司に目の敵《かたき》にされる。縦横ともに場所をとるから、狭い部屋に入れると息苦しい。重心が高いから、腰が弱い。かがみこんでキスするだけで負担がかかり、そのうち抱き合った途端にぎっくり腰で動けなくなるなんて困った事態が起きるはず——と、わたしの頭はアンチ高身長のほうにどんどん突っ走った。

久々の出会いのチャンスに、蓋《ふた》をして抑えてきた恋愛願望が雄々《おお》しく立ち上がったのだ。

背が低いなんざ、暗い雰囲気や度を越したデブに比べると、屁《へ》みたいなもんだ。そこをクリアしたら、暗いのもデブもバカもいけるようになるかもしれない。

どういうわけか知らないが、いつしかわたしは澄香さんの後を追って、はずれっ子コレクターになる野心まで抱きつつあった。

そして、しばらくしてお見合いの運びとなった。場所は〈ろくでなし〉だ。「きれいじゃなきゃ、いや」と言うコーちゃんだが、人を見る目はある。はずれっ子初挑戦のわたしとしては、試合のなりゆきをアドバイスしてくれるセコンドが欲しかった。

その人は、ほんとに小さかった。一五〇センチくらいだろうか。わたしは意識してペタンコ靴を履いてきたが、それでも身長そのものが十二センチ違うと、見下ろす感じになる。

ポロシャツにチノパンで、革靴を履いていた。肩幅はそれほどないが、筋肉質であることはわかる。意外に（というのも差別的だが）顔立ちは男性的で、澄香さんがそばにいるせいか、リラックスした笑顔も感じがよかった。

でも、わたしの気持ちはほぐれなかった。

身長差が気になった。彼がわたしより低いのがいやなのではなく、見下ろしているのが申し訳なくて、気詰まりなのだ。

わたしはいつのまにか、うどん屋という彼の仕事について盛んに感心し、今度食べに行きますとお愛想を並べていた。ツアコンとして、お客さまのお相手をしているときと同じだ。

だから、疲れた。いい人だと思う。どこにも、いやなところがない。だけど、やっぱり落ち着かなかった。

そのうち店に行く約束をして、彼は澄香さんに付き添われ、帰っていった。わたしは落ち込んだ。

「ダメだわ。顔が強張《こわば》っちゃった。わたしって、薄情だ。背が低いっていうだけで、差別しちゃった」

口に出して自分を責めると、いかにも反省しているみたいで罪悪感が薄まる。

「わたしがニコール・キッドマンで、あっちがトム・クルーズだと思えば、あのくらいの身長差は乗り越えられるのにねえ。どうして、そう思えないんだろう」

「ニコール・キッドマンも、トムに気を遣ってたろうね。気にしてなかったら、ハイヒール履いて、身長差をさらけ出して腕組んで歩いただろうよ。それができなかったから、あの二人は別れたんだよ」

コーちゃんは、うがったことを言った。

「改心しようったって、無理だよ。澄香ははずれっ子たちのコンプレックスのもとを可愛がれるけど、あんたは気にしちゃう。あんたはそういう人間なの。責めてるんじゃないよ。気にするのは、あんたなりの優しさだし、弱さなんだよ。無理して克服することはない。ダメなものは、ダメさ。ニコール・キッドマンとトム・クルーズが、その証拠」

「そんな、突き放さないでよ」わたしは泣き真似をした。

まもなく、澄香さんが戻ってきた。わたしは不首尾に終わったことを謝った。

「あら、いい感じの人だなって、彼、喜んでたけど」

「え、それは」

わたしはあわてた。澄香さんはニヤリとした。

「彼の勘違いね。わかった。わたしがうまく引導を渡す」

「すみません」

神妙に頭を下げると、澄香さんは穏やかに言った。

「人間って、不思議なものね」

うどん屋の彼も、出会った頃はもっとひねくれた、世をすねたような顔をしていたそうだ。いつも道の隅っこをうつむいて速足で歩いていた。他人の視線が怖いのだ。

だが、澄香さんが「職人とか料理人って、今、モテるのよ」「この頃の男の子ってヒヨロヒヨロしてて頼りない。男の人はやっぱり、腕に力こぶができるくらいじゃなきゃ」「小柄な人って、意志が強いのよね」とほめあげているうちに、すっかりその気になった。

「それも、はずれっ子たちの共通点ね」

澄香さんはするめを噛《か》みながら、考え、考え、話した。

「可愛い」「チャーミング」とほめられているうちに、「ひょっとして、俺は自分で思ってるほど悪くないかもしれない」と思い始めるのだそうだ。

すると、今まで高嶺《たかね》の花とあきらめていた女たちを望むようになる。

「つまり、わたしみたいなおばさんで満足したくはないわけよ。だから、ある程度経《た》ったら、旅立っていっちゃう」

「わー、生意気」

あまりのことに、わたしは呆《あき》れた。

「なんでだろうな。はずれっ子ほど、高嶺の花への憧《あこが》れが強いのよね。要求のレベルを下げて、付き合ってくれる人で満足しようと、なかなか思えないみたいなの。わたしと付き合うのをとても喜ぶのよ、あの子たちは。感謝してくれる。わたしが喜ぶことをしようと骨折ってくれる。だけど、情熱を感じてはくれない。ストーカー被害にあうのって、みんな美人でしょう。一度でも親切にしてくれたきれいな人には、執着しちゃうのね、ダメな男は」

「ねえねえ、それってひどくない。それじゃ、澄香さん、踏み台じゃない」

「ちょいとお待ち。はずれっ子がおばさんを捨てて美人を求めるのが生意気だっていうのは、差別じゃないのかい」

コーちゃんが、鼻で嗤《わら》った。

「あんた、やっぱり、見かけで人を差別してるじゃないの」

「えー、だって」

「それに、この女は踏み台なんかじゃないよ。バカな男連中をうまくてのひらにのせて、転がして遊んでる性悪なんだから」

「そんな人聞きの悪いこと言わないでよ。可愛がってるだけだってば」

澄香さんはわたしに向き直って、言った。

「わたしのために憤慨してくれて、嬉しいわよ。でも、あの子たちに本気で愛されなくても、わたしはいいの。はずれっ子を見つけたときの、可哀想で胸がキュンとなる感じ。それから、一緒に寝たあとに見せる、夢じゃないのかって顔。あの快感だけで、わたしは十分。今度もそうよ。あなたに振られたとわかったら、彼はきっと落ち込むわ。それはやっぱり身長のせいだろうかって、訊くわよ、きっと。コンプレックスのぶり返しね。違うわよって、わたしは言ってあげる。ただ、タイプじゃなかったというだけよって。でも、彼は傷ついた顔するわよね。そのときのことを思うと」澄香さんは、頰に両手を当てて身もだえした。

「あー、興奮してきちゃう」

「ほら、変態だろ」

コーちゃんが言った。

わたしは茫然《ぼうぜん》とした。

外見で男を差別する浅はかな俗物。うどん屋の彼は、わたしのことをそう思うだろう。ただ、気を回しすぎただけなのに。

それに反して、澄香さんはコンプレックスごと優しく包んでくれるマザーテレサ。彼には、そう見える。だから、感謝する。自分にできることはなんでもしようと、恩返しを期するかもしれない。

しかし、その実、彼女はコンプレックスに打ちのめされて滲《にじ》み出る哀れさが好物の変態だ。わたしはうどん屋の彼を、澄香好みの味付けにするスパイスに使われたのだ。

澄香さんはずるい。やっぱり、人の不幸の蜜をなめて喜ぶ悪魔大王だ。

だけど、こうも考える。

はずれっ子たちに愛されなくてもいいと、澄香さんは言った。

「可哀想だたぁ、惚れたってことよ」が真実なら、澄香さんははずれっ子たちを愛していることになる。愛しているから、それで十分。お返しは求めないというのなら、それこそほんとにマザーテレサだ。

愛されることを求めないなんて、そんなこと、できるのか？

愛されたくて、わたしはこんなに孤独なのに。結婚してないからじゃなく、子供がいないからでもなく、愛されないから負け犬なのに。

でも、澄香さんの存在は、わたしにわずかな希望をもたらした。いわく、はずれっ子に萌える女がいるんだから、負け犬につまずく男だって、いる——ちょっと無理やりだけど。

わたしは、了見が狭い俗物だから、気を遣わずに一緒にいられる人、自然に愛し合える人、そういう人とのめぐり逢いを信じたい。愛するだけじゃ、足りない。愛されたい。愛されることを求め続けたい。

負け犬が贅沢《ぜいたく》言うな、なんてほざくやつは表に出ろ。

六十歳になったら、歴代のはずれっ子たちを集めて還暦のお祝いをする。それが澄香さんの夢だそうだ。そして、いつの日か、結婚して引退するまでは、はずれっ子コレクションも続けるという。

「澄香さん、結婚する気、あるの」

そんなこと、信じられない。変態は直らないとコーちゃんも言っていた。

しかし、澄香さんは「人生は、何が起きるかわからない」と、うそぶいている。

ハッピーな遺伝子

1

あたいはあんたのヴィーナスよ。そして、あんたに火をつけるのよ。ベイビー、レッツ・ダンス！

巻き舌のクラブDJの声が、ハウリングを呼び起こす。ルミは両手の人差し指を耳に突っ込んだ。

ここ昭和ヤング世代御用達クラブ〈グッド・オールド・デイズ〉。

ネオン街の片隅にある古いビルの地下で、立ちっぱなしで詰め込めば百人入るスペースに飲み物は缶入りのビールやソフトドリンクのみという手軽さは今風のライブハウスだが、客層が客層だけにやっているものが違う。

女性だけの歌って踊ってピンク・レディー大会。なりきり永ちゃん大集合。カラオケ・ユーミン・グランプリ。それ行けGS負けるなフォークロック。エイズ撲滅《ぼくめつ》祈願クイーン・フィルムコンサート。初期のマドンナそっくりショー。和洋とりまぜ、昭和後期にナウなヤングの間でヒットしたあの曲この歌で心を遊ばせ、不景気の憂さを晴らしましょうというタイムスリップ・ゾーンだ。

そして、毎週土曜日は恒例、サタデイ・ナイト・フィーバー・アゲインという名のディスコ祭りが繰り広げられる。本来なら、御年《おんとし》二十七歳のルミには関係ない場所なのだが、今日は特別だ。来てくれと頼まれたのだから、仕方ない。

フロアはすでに四十以上とおぼしき髪の薄くなったオヤジや下半身肥大のおばさんで一杯だ。ほとんどがTシャツとパンツやウエストゴムのロングスカートといったカジュアルな服装だが、中にはネクタイ着用で何があったのかこぶしを振り上げ、雄叫《おたけ》びをあげながら踊りまくっているサラリーマン風もいる。

ルミは蜘蛛《くも》のように壁に密着し、じりじりとステージの見える位置に進んだ。

フロアとの段差が十センチくらいしかないステージの一番奥に、チャーリーがいた。ドラムセットはステージよりさらに高い場所に据えてあり、チャーリーはそこでアフロヘアをぶんぶん振って汗を飛び散らせながら熱演している。よせばいいのに、黒のタンクトップにジーンズだ。上腕部の肉がプルプル揺れる。ジーンズのジッパーは大丈夫か。この前、この手の「ロックなジーンズ」で演奏したときは途中でジッパーが弾《はじ》け飛び、最後に「センキュー」と立ち上がった途端、パンツ一丁の姿になった。トランクスだったからよかったようなものの、あれがかつて愛用していた黒のブリーフだったらと思うと、今でも冷や汗が出る。もっともチャーリー本人は、「失敗した。どうせ見せるなら、いつものブリーフにしとけばよかった。あれは俺の勝負アイテムだったのに」と盛んに口惜《くや》しがっていたから、あれ以来三年ぶりのステージになる今夜は、ひょっとしたら勝負を賭《か》けているかもしれない。

『ヴィーナス』が終わり、アンプの残響と客たちの歓声が響き合う中、ステージ脇に無理やり作った中二階のブースにいるクラブDJが「シーッ」と沈黙を促した。

客たちは本能的にブースを見上げる。ルミもそうした。ヘッドセットとサングラスとキャップという定番スタイルで決めた年齢・国籍ともに不詳の男は、注目を集めたことに満足し、黄色い歯をむき出してニヤッと笑った。そして、思わせぶりな低音で「はーい、次はお待ちかね。チークターイム」と囁《ささや》いた。

心得顔で早速近くにいた女に手を差し伸べる男もいれば、キョロキョロしているのもいる。女たちも「あら、どうしましょう」みたいな顔をしながら、物色の目を飛ばし出した。

「チークタイムといえば、甘く切ないこのメロディー。メリー・ジェーン・オン・マイ・マイン」

DJが、気取って歌ってみせる。

うわー、やるのか。思わずうつむき、それからそっと目を上げると、はたしてチャーリーの顔にピンスポットが当たった。チャーリーはうっとり目を閉じ、なおかつ悩ましげに眉を寄せ、マイクに唇をくっつけて歌い始めた。

チャーリー高原《たかはら》お得意の『メリー・ジェーン』。八〇年代のディスコ最盛期に毎晩歌っていた。というより「これは、つのだ☆ひろに敬意を表して、ドラムの俺が歌うべきだ」と言い張って、メインボーカル役を奪い取った記念の曲だ。

とはいえチャーリーの歌いっぷりからは、本家の声量溢れるソウルフルなニュアンスがまるで感じられない。好きで歌っているだけの、そこらのカラオケおじさん並みだ。でも、自分ではうまいと思っている。でなければ、あそこまで陶酔できないだろう。客にとってはただのBGMだからどうでもいいだろうが、ルミは恥ずかしくてかなわない。耳をふさぎたいところだが、それより無関係な人のふりで通すことにした。そうしたら、本当に無関係の気分になれる。

ルミは気のないそぶりを装って、あくびを噛み殺しながら指一本で基調音だけを出しているベーシストやドラムセット台に座って休憩しているリードギタリストを観察した。キーボード奏者だけが、ときどき適当なアドリブをかまして目立とうと努力している。演奏曲目もディスコのチークタイムも、見たことも聞いたこともなさそうな二十歳《はたち》そこそこのガキばかりだ。この街で多少なりともプロとしてやっている人たちは、経験を盾にとって指図しまくるチャーリーとは組みたがらない。ストリートで演奏しながらインディーズ・デビューを狙っている自称ミュージシャンたちがかき集められたのだろう。

ミュージシャン。

美しい響き。道端で歌っている彼らのまわりには、憧れの眼差しで見上げる女の子たちがしゃがみこんでいる。あの子たちに教えてあげたい。ミュージシャンなる生き物の正体を。

時間にルーズだ。約束を守らない。というより、簡単に約束し、すぐに忘れる。いつも飲んだくれている。人の好き嫌いが激しく、気分屋で、ものを考える頭脳がなく、思い込みでなんでも決める。他人の話は聞く耳持たず、口にするのは自分のことばかり。嫉妬《しっと》心と独占欲が強く、言うことを聞いてくれる間は親友扱いしていた人間がたった一回批判めいた口をきいただけで殴り飛ばし、絶交し、あんなひどいやつはいないとそこらじゅうに触れ回る。女にだらしない。負けず嫌いですぐ熱くなるから、しょっちゅう博打《ばくち》でカモられる。好奇心と見栄《みえ》から粗悪な自家栽培のマリファナに手を出し、捕まりそうになる。

「だけど、ミュージシャンて、そんなもんだぜ。しょうがないんだよ。夜の仕事で、しかもステージに上がると完全燃焼するから、お日さまが出てる間は死んだも同然。アートな世界だもの、妥協はしない癖がついてる。ドラッグと女は、あっちから舞い込んでくるんだ。来るものは拒まず。金は天下の回りもの。ドント・ウォーリー、ビー・ハッピー。それがミュージシャンの心意気なんだ。悪気は全然ない。音楽をやっていれば幸せな、純粋単細胞。音楽バカ。じゃなきゃ、やれない。どうしようもない」

チャーリーが何かというと持ち出したミュージシャン性善説で耳にタコができたルミは、肝《きも》に銘じている。

ミュージシャンを名乗るやつは、みんなろくでなしだ。間違っても、ボーイフレンドにしちゃいけない。結婚するなんて、もってのほかだ。一番いいのは、生涯近寄らないことだ。

ルミは、自然食のデリバリー会社で働いている。会社といえば立派そうだが、フードコーディネイターと食品研究をしていた大学院生が共同で立ち上げて三年目のベンチャー企業で、所帯は小さい。常駐スタッフは女ばかりだ。社長はフードコーディネイターで、学生時代からバイトで彼女のアシスタントをしていたルミはそのまま社員に横すべりしたが、受注からミニバンを運転しての配達までなんでもやる。スローフードがブームのうえに、在宅介護の年寄り向けのレシピが受けて、小さいながら仕事は順調だ。でも、営業は年中無休。日曜祝日も予約客を受け付けているくらいだから、土曜日だって休みではない。

軽く食事をすませていやいやながらも八時にここに駆けつけたルミは、缶ビール一本でまぶたが重くなりかけている。

踊っている客たちは、陶然としている。おおっぴらに密着するのが目的の状況下では、誰も歌など聞いてない。チャーリー一人が、自分の歌声に聞き惚《ほ》れている。

なんとも、バカらしい。ルミはフロアにしゃがみ込んだ。と、同時に眠った。

目が覚めたのは、ドスドスいう足音で空気が揺れたからだ。目を上げるとギタリストたちがステージを降りるところだった。チャーリーだけが残り、スティックを指先で回しながらひとりよがりなドラム・パフォーマンスを繰り広げている。客たちは困惑した様子で立ちつくし、中にはトイレに行ったり、携帯のメールをチェックする者も出始めた。ドラムに合わせて「イェイ」と合いの手を入れてくれるのは、DJだけだ。

場内に白けたムードが広がりかけたとき、派手なシンバルの音とともにチャーリーが立ち上がり、スティックを二本とも投げ飛ばした。そして、両腕をあげて「センキュー」と叫んだ。案の定、ジーンズのジッパーは半分がた下がっていたが、ずり落ちてはいない。よく見ると、黒のサスペンダーをしていた。

客はまばらな拍手を送る。

「グッド・オールド・バンドの演奏はここまでです。ご苦労さまでした。さあ、これからはお皿をまわしていきますよお。バック・トゥ・ザ・サタデイ・ナイト・フィーバー。イェイ！」

ビー・ジーズの鼻声が流れ出し、客は息を吹き返したようにフロアに戻って踊り始めた。

ルミは立ち上がり、ステージ裏のドアから外に出た。駐車場につながる廊下にアンプやギターケースで砦《とりで》が作られている。その真ん中に、上機嫌のチャーリーが座っていた。ジーンズの上にはみ出た腹の肉がのっかっている。ジッパーは、もともと出番がなかったようだ。

ご活躍だったアフロヘアのカツラをアンプの角に引っかけて、チャーリーは団扇《うちわ》で頭に風を送っていた。残り少ない髪は地肌にへばりつき、風にそよぐ元気もない。

素頭《すあたま》はバーコードはげだ。いっそ、剃《そ》り上げてスキンヘッドにしたらいいのに。そのほうがロックっぽいじゃない。そう言ったことがあるが、俺は童顔だから坊主にすると一休さんみたいになると拒否している。でも、バーコードはげより一休さんのほうがましだ。早く踏み切ってほしいが、強くは言わない。

強く言うと、それだけチャーリーの人生に一歩踏み込むことになる。深入りして、引き込まれたらたまらない。甘い顔をしていると、この男はどこまでも寄りかかってくる。

「おー、我が愛《いと》しのルビー・チューズデイ。よく来てくれたね。アー・ユー・ハッピー？」

ルミは答えず、あたりを見回した。

「他の人たちは」

「帰ったよ。打ち上げしようって言ったんだけど、用があるからってとっとと帰った。ノリの悪い連中だよ」

「若いもの。ジジイの相手なんかしたくないわよ。土曜日だし」

「ハハハ。そうかもな。土曜の夜は、おネエちゃんと過ごすもんだ」

ジジイ呼ばわりされても怒らない。さては、何かよくない魂胆が……。ルミは身構えた。

「いやあ、久々のライブで最初は緊張したけど、盛り上がったねえ。すごい入りだよ。八〇年代に戻ったみたいだ」

すごいったって、たかだか百人いるかいないかじゃない。ストリートライブだって、五十人くらい集める人はざらにいるわよ。口を尖《とが》らせ、心の中で毒づく。ちょっとでも否定的なことを言うと、「ものすごく傷ついた」と、しつこくグズるのだ。うっとうしくて、かなわない。聞き流すに限る。

「話って、なんなの。さっきまで仕事してて疲れてるのよ」

「そうか。悪いねえ。ちょうどいいや。いい飯屋見つけたんだ。今日のギャラでおごるよ。着替えるから、ちょっと待ってね」

妙にうきうきと下手に出る。この感じは――なんとなく思い当たるものがある。

ルミは何も言わず、背中を向けた。チャーリーが汗で濡《ぬ》れたタンクトップからジーンズまでどんどん脱ぎ出したからだ。ちらっと見ると、下着はやはり黒のブリーフだった。

連れていかれたのは、スペイン風の居酒屋だった。〈バール・フリオ〉と筆で書いたような看板がかかっていた。カウンターに大きなテーブルが一つという小さな店だ。テーブルの両端にそれぞれカップルが、そしてカウンターに男女混合のグループ客がいた。

「よ」

野球帽ではげを隠したチャーリーが手をあげると、カウンターの向こうにいる中年女が「いらっしゃい」と笑顔を向けた。厨房《ちゆうぼう》との仕切りのカーテンからも、目の大きな、やはり四十過ぎらしい女が首だけ出して笑顔で会釈した。

チャーリーはカウンターの隅に座り、ルミのために隣のスツールを引いた。

「これが一人娘のルビー・チューズデイ」

紹介されて、ルミは「高原ルミです」ときちんと名乗った。店のママとおぼしき女は、大げさに目を見張った。

「ウソー。可愛《かわい》いじゃない。よっぽど、お母さんが美人なのねえ」

「どういう意味だよ」

「チャーリーさん似よ。姉さん、よく見てごらんなさいよ」

厨房の女がフライパンを握ったまま半身を出して、口を挟んだ。

「チャーリーさん、可愛い顔してるのよ」

「そう言えば、そうねえ。お目々がパッチリしてるところは似てるわ。さすが、親子ねえ」

「そりゃ、そうさ」

チャーリーは得意そうだが、ルミは嬉しくない。作り笑いを返し、礼儀としてメニューを手にとってタコのサラダと赤ワインを注文した。

「うちのルビー・チューズデイは食いもんの仕事してるんだぜ。年寄りや病人に身体にいい弁当作って、配達してるの」

チャーリーは厨房に声をかける。

「それは立派だわ。わたしの料理なんか、オリーブオイルでごまかしてるようなもんだから、お口に合わないかもしれない」

女コックはまた顔だけ出して、そんなことを言う。

「オリーブオイルは身体にいいですから」

ルミはお愛想を言い、出てきたサラダを口に運んで「おいしい」と微笑《ほほえ》んでみせた。

この場にいるのが気に入らないからといって、それを顔に出して周囲に気まずい思いをさせるほどの子供ではない。わたしはミュージシャンじゃなくて、地道に働く普通の女ですから。

「ライブは三年ぶりだけど、やっぱりステージはいいねえ。すごい盛り上がりでさ。オーナーには、さすがチャーリーさんだ、また是非お願いしたいって言われちゃったよ。俺はいつでもどうぞって言ったんだ。ラーメン屋やってるけど、音楽やめたわけじゃない。ミュージシャンは一生音楽から離れられないんだってね。腕がパンパンになるんじゃないかとひそかに心配してたけど、俺んとこの餃子《ギョーザ》は皮から練るじゃない。あれが筋トレになってるんだね。きょう、発見したよ。俺のやってることはまんざら無駄にはなってないんだってさ。嬉しくなっちゃったよお」

「ほーんと。わたしたちも行きたかったけど、店があるからさあ」

「今度は絶対来てよ。近々、またやるから」

ママと今やカウンターにまで出てきたエプロン姿の女コックを相手に、チャーリーはご機嫌でしゃべり続ける。手を振り回し、バッグに入れていたアフロのカツラまで取り出して笑わせている。

ルミは背筋を伸ばしてワインを飲みながら、他のことを考えていた。

「聞いてますよ。お名前、ほんとにルビー・チューズデイになりかけたって」

いつのまにか女コックが目の前にいて、いきなり話しかけた。長い髪を後ろで無造作にひとつにくくっている。ゴテゴテ飾らない太った女は、それだけで優しそうに見える。この女もそういうタイプだった。

「母方の祖母が反対してくれたんです。一生ついてまわるものにそんなふざけたことされたら、苦労するのはこの子だって」

「ふざけてないよ。ストーンズ好きで結ばれたカップルの愛の証《あかし》らしいじゃないか。マリアンヌってのも考えたんだけどね。一時ミックの恋人だったマリアンヌ・フェイスフルからとって。でも、母親がどうせなら歌からとりたいっていうんで相談して、二人で決めたんだ。おばあちゃんの顔を立てて戸籍上はルミにしたけど、おまえの本名はあくまで高原ルビー・チューズデイなんだぜ」

チャーリーが上機嫌で割って入った。これも耳タコの話だ。多分、この女も五十回は聞いているだろう。

「いいお名前じゃない。心の本名ってことにしておいて、好きな人にそう呼んでもらえば。カッコイイと思いますよ」

「いいこと言うねえ」

チャーリーは喜んでいる。厨房に戻るコックの尻《しり》を見つめる笑顔は、とろけそうだ。

小一時間も付き合って、ルミは「悪いけど、疲れてるから」と席を立った。チャーリーはあわてて、「そこまで一緒に帰ろう」と勘定を済ませた。

店の女たちに軽く会釈して外に出ると、チャーリーがピッタリ横にくっつき、肘《ひじ》でルミの脇腹をつついた。

「ねえ、どうよ、どうよ、彼女」

「どっち」わかっていたが、わざと訊いた。

「料理作ってたほう。テヘへ」身をよじって、大はしゃぎで照れる。

「もう、久々よ。あんないい女。歳《とし》は四十八。結婚はしそびれて今に至るんだと。どうかな。お父さん、あの人とお付き合いして、いい？」

何を今さら。ルミは歩きながら天を仰いだ。

「どうぞ」

「結婚しちゃっても、いい？」

「いいわよ」

即答。借金はあっても資産なんかない男だ。遺産を巡る争いが起きるはずもないし、継母はいやだと泣く歳でもない。こんな迷惑おじさんでよかったらどうぞお引き取りくださいと、お願いしたいくらいだ。

さっさと歩いていたが、ふと気付くと横にチャーリーがいない。振り返ったら、立ち止まって恨めしげな目でルミを見ている。

「何よ」

「言い方が冷たい。ほんとは、いやなんじゃないかい」

ルミはため息をついて、チャーリーのそばまで戻った。

「だから、疲れてるんだってば。チャーリーが好きで、いい人ならいいじゃない。わたしは反対しないよ」

「お母さんは、どうかな」

「離婚して十年も経つのよ」

「だけどさ。俺たち、熱烈な恋愛結婚だったんだぜ。店にもときどき様子見に来るしさ。ほんとは、別れたこと後悔してるんじゃないかな」

してません。

そう言ってやりたいが、言ったところで信じないだろう。気に入らない現実は断固無視するのがミュージシャンだ。

「ほんとは今夜もどこかで見てたんじゃないかな。出演のチラシ、送ったから」

「あの人も忙しいからね」

「うまくいってるのか、仕事」

「うん。リフレクソロジーはブームだから」

母はヨガ教室を運営しているが、勧める人がいて一年前にロンドンまで行って本場のリフレクソロジーを学んできた。そして、ヨガのほうはアシスタントに任せて、今はそっちの営業に走り回っている。実は、体質改善を標榜《ひょうぼう》するため食も営業の一部に加えるということで、ルミの会社に組まないかと言ってきているのだ。

それもルミは、チャーリーに言わない。母と娘が結託して自分をみそっかすにするといじけるに決まっているからだ。

今のルミにとって、両親は他人より遠くにいる存在だ。理解できない、したくない。そういう相手である。赤の他人なら、性に合わないのひと言で二度と会わずにすむのだが、いかんせん親子だ。

それでも、母は仕事に夢中のせいか、あるいは女同士のせいか、近頃めっきりルミに対して遠慮がちになっている。私生活に踏み込むのを恐《おそ》れているかのようだ。

問題は、チャーリーである。

結婚している間はまるっきり家庭を顧みなかったくせに、この父だけが家族関係をいまだに引きずっている。

チャーリーは認めたくないのだ。ドント・ウォーリー、ビー・ハッピーと歌っていればごまかせるほど、人生は甘くないということを。

2

母にチャーリー再婚希望の件を知らせたのは、結局ルミだった。

リフレクソロジーを施術しているマンションの一室で、足の裏を揉《も》まれながら話した。母は笑いながら「わかった。今夜電話する」と答えた。どんな顔をしているかは、目を閉じているルミには見えなかったが。

「そんなことより、あんたのほうはどうなの」

「どうって、何が」

「生活全般よ。仕事。プライベート。うまくいってる?」

「まあ、そこそこね。イタ!」

左足の縁あたりを強く押された。反射的に足を引っ込めかけたが、今度はなだめるように優しくマッサージされたので再びあおむけになり、呼吸を整えた。

「内臓、疲れてるよ。触ってるとわかるんだから。ストレスたまってる」

「ストレスのない人なんて、いないでしょう。だから、こんな商売やれるんじゃない」

「そうだけど。そういう皮肉っぽい態度、感じよくないよ。女の子なんだから」

「子って歳じゃないわよ」

「だから余計感じよくしなきゃ。母親のわたしだって、あんたと話すの怖いもの」

「……外じゃ、これでも感じいいんで有名よ。爽《さわ》やかな笑顔と温かみのある応対で、お客さまに大好評。社長も大満足」

「なら、いいけど」

母はそれから先を訊かない。誰か、好きな人はいないのかという類《たぐい》の質問。昔から、その点に触れるのを苦手にしている。

結婚に関しては「急ぐことないわよ。しなくてもいいかもしれない」と、かなりはっきり意見を述べた。母は二十歳でチャーリーと結婚した。お腹《なか》にルミが仕込まれたからだ。こう言うと、妊娠の責任をとっての結婚のようだが、好きな人のお嫁さんになって彼の子供を産むという、いわば女の子の夢を実現させた最高の出来事だったのだ。

夢の王子さまとは結婚しないほうがいいわよ。そうしたら、夢が終わっちゃうから。

それが母の教訓だ。

五十五歳でデブはげ初老になりはてたチャーリーも、母が出会った頃は二十代後半。髪を背中まで伸ばし、引き締まったお尻と細い細い脚を包むレザーパンツにスティックを突っ込んだ、それは素敵なドラマーだった。

　少年の頃からストーンズファンだったが、なぜか大学ではジャズ研究会に入り、そこで知り合ったプロのコネで在学中から仕事をしていた。

　六〇年代後半から七〇年代、バンドには仕事がたくさんあった。ディスコの前身であるゴーゴー喫茶からナイトクラブ、ホテルのラウンジ、夏のプールサイド、盆踊りのアトラクションまで、エレキでテケテケやる生バンドは引っ張りだこだった。チャーリー・ワッツになりたくて、自ら「チャーリーと呼んでくれ」と言いまくっていた高原義成《よしなり》は、根がミーハーなのでステージでハナ肇《はじめ》やカーナビーツのアイ高野の真似をしてウケていた。特定のバンドには所属せず、声がかかるとどこにでも行ってドラムを叩《たた》いた。器用で音楽的に自己主張しないのが使いやすく、次から次へと仕事をもらううちに、自然にプロのプレイヤーになった。大学は中退。以後、一度も会社勤めをせず、ここまで来ている。

　母と知り合ったのは、ディスコ・バンドのメンバーで稼いでいた頃だ。チークタイムに泣かせるバラードを歌うチャーリーには放っておいても女の子が転がり込んでくる毎日だったが、母とはストーンズファン同士で意気投合し、子供ができたのを機に結婚した。ストーンズファンなんて珍しくもなんともないが、それでもチャーリーが結婚に踏み切ったのは、わたしが可愛かったからだと母は主張する。「離したくなかったのよ、きっと」だそうだ。

式を挙げ、ちゃんと届けも出したが、チャーリーのミュージシャン生活は変わらなかった。夕方に出ていき、朝まで帰ってこない。地方まわりも多い。つまり、いないのが当たり前だった。外に出れば、浮気をする。しても、隠さない。「ごめんね、また、やっちゃった」と自慢まじりに報告する。ギャラを使ってしまうのは、しょっちゅうだ。母はルミを産んだ後、プロポーションを整えるために始めたヨガを本格的に修得して、教室を開いた。生活費を稼ぐためだ。

ダイエットのためのヨガはまもなくブームになり、繁盛するようになると母のビジネス魂が目を覚ました。銀行が融資に乗り出してきて、教室が増えていった。

とっくに夫婦でなくなっていた両親が正式に離婚したのは、チャーリーの仕事がガクンと減ったせいかもしれない。バブルに踊ったお立ち台の狂乱を最後に、一気にバンドの仕事場がなくなった。それでなくても、世代交代は進んでいる。器用なだけの四十過ぎのドラマーの出番は、もうなかった。

チャーリーは転身を図るべく気に入っていたラーメン屋に修業に行き、せっせと働き、かつ食って太った。ぐうたらの穀潰《ごくつぶ》しになることもなく、稼ぎの道を確保すべく努力したというのに離婚を言い渡されたのだから、チャーリーがいまだにグズグズ言うのは無理のないことかもしれない。

だが、離婚するしないで揉めていると思われては沽券《こけん》に関わる、きれいに別れたという顔をしていたい、そんな彼の見栄がスムーズな離婚を助けた。高校生になっていたルミにも反対する気はなかった。進学費用を出してくれるのは母だ。父親は時折現れて、やたらベタベタする酔っぱらいに過ぎなかった。母の意向を尊重すべきだ。そう認識していた。

父親への愛情は、ないのか。今も、それは自問自答の課題だ。どう思っているのか、わからない。父のだらしなさへの反発は、おもに母の愚痴で植え付けられたものだ。二次感染だから、怒りよりうんざりのほうが強い。ただ、ディスコミュージックやロックは好きではない。小さいときから流行《はや》りの曲をコピーする父や、なぜかユーロビートをバックにヨガを教える母のおかげで、その種の音楽漬けだった。それで同じ道を歩む人もいるが、ルミはダメだった。もしかしたら、たまに家で一緒になると必ずルミをそばに引き寄せ、自分の演奏テープを無理やり聴かせては、「ほら、ここだよ、ここ。有名な向こうのプロデューサーがここを聴いて、泣けるって言ったんだよ」と感動を強要するチャーリーへの反発が大きく働いたのかもしれない。

ルミは静寂が好きだ。音楽なら、ギターとかチェロの独奏曲を好む。とくにバッハ。高級を気取るつもりはないが、ノリがよければいいダンスミュージックに比べると、目指しているものが違う気がする。その透明な緊張感に快さがある。それはともかく――。

「仕事が面白くなってくるとね、結婚生活に求めることのハードルが高くなってくるのよ」

母はルミが就職を決めたときに、初めて離婚の理由をきちんと話した。

「好きな人とずっと一緒に暮らす。愛されて、彼に尽くす。それだけで幸せになれるなら、それにこしたことはない。だけど、これがわたしの生きる道だって仕事してたら、邪魔をしない、助けてくれる、妻役を過剰に期待しない、そういう人がよくなるの。勝手だけどね。でも、それって今までチャーリーがわたしに要求してきたことなのよ」

音楽の仕事が減り、もはやこれまでとあきらめた父は、母がラーメン屋を手伝ってくれるものと思っていた。ヨガ教室は人に任せて、これからは夫婦二人で苦楽を共にするものと当然のように期待していた。

「そんなもの、アシスタントに任せときゃいいだろって言ったわ。そっちは副業ってことでこっちを一緒にやってくれって」

そんなものという言葉が許せなかったと、母は言った。父がちょこちょこ作る借金は母の稼ぎから返済されていたというのに、父には母の仕事へのリスペクトがなかった。それでいて、ラーメン屋開業の資金や融資の担保に母の預金をあてにした。

女癖についても、セックスだけの関係だと相手も納得している、家族は捨ててない、だから裏切ったことにはならないと、あっちこっちで持論としてしゃべり散らしている。

「わたしがそれを納得している、できた妻と思われるのもいやだった。だって、やっぱり、そういう言い分、思い上がってるじゃない。いやよ」

あれはいや、これも許せないが重なって、離婚につながった。でも、関係整理の過程は気が重く、疲労はいつまでも残った。

だから、結婚を人生の目標にしないでと、これから社会人になるルミに母は言った。まず、仕事に一生懸命になれるかどうか、自分の道を見極めて。結婚はついでくらいの気持ちでいたほうがいいかもしれない、と。


しかし、二十七歳の今日まで結婚の兆しも見せない娘のことで、母は気を揉んでいるらしい。事業提携の話をしたついでにそのあたりの感触を訊かれたと、ルミの上司が言っていた。「親がダメだったから、結婚恐怖症になってるんじゃないか」と心配していたそうだ。上司は結婚している。夫はフリーのカメラマンだが、仕事があまりないので家事と育児にいそしんでいる。

「大丈夫ですよって、言っといたけどね。ご縁のものですから、そのうちなるようになりますよって。すっごい、いい加減な答え。でも、本当にそんなもんだからさ、結婚は」

そう言われてルミは笑ったが、目をそらした。

仕事は好きだ。そして、好きな男もいる。彼との結婚は、考えているというより夢に近い。なにしろ、まだ付き合ってさえいないのだ。コンサートと花見に一緒に行ったが、それはグループ行動だった。

でも、彼に女として選ばれたい。妻でなくてもいいのだ。ただ、特別な女になりたい。そのためなら、仕事も捨てられるかもしれない。今、足の裏に出てくるほどの重症ストレスがあるとすれば、言い出せないまま悶々《もんもん》とするしかない子供っぽい片思いが発生源だ。

母の懸念は取り越し苦労だ。ルミに結婚恐怖はない。それどころか二十七にもなって、好きなのにどうにもできない自分の臆病《おくびょう》さ、好きでも振り向いてもらえない魅力のなさ、もしかしたら愛してくれない男に惚れた運のなさ、つまりは愛そのものの不足に泣いているのだ。

母に足裏を揉まれ、ストレスを肉体的に発散したあとで、ルミは〈カヴァティーナ〉に行った。開店は六時だから、五時半という時間はちょうど準備中。ドアは開いているし、オーナーでバーテンダーの吉川もいる。

「来ちゃった」と言えば、常連のルミは「おー、いらっしゃい」で迎えてもらえる。

吉川はカウンターの隅で、出前のスパゲティを食べていた。ソースが服に散らないよう、唐辛子とオリーブオイルで炒《いた》めただけのペペロンチーノだ。

「ルミさん、食事は？」

「母親のところに行ったら、おそば出してくれた。その前には会社で、試作品の五穀ご飯食べたし」

「じゃあ、すむの待ってくれる」

「どうぞ、ごゆっくり。ちょっと、シーンとしてたいだけだから」

吉川は微笑んで、再びパスタに取りかかった。

開店前のバー。木製のカウンターは黒光りし、グラスはピカピカで、拭《ふ》き掃除が済んだ後らしい湿り気を帯びた、ひんやりとクリーンな空気の匂いが気持ちいい。やがて食事を終えた吉川が皿を持って立ち上がり、動き始めた。音楽が流れてくる。ギターのエチュードのようだ。

白いシャツにボウタイ。黒のパンツ。櫛目《くしめ》の通った七三分けの黒い髪は、こめかみのあたりに白いものが混じっている。アームバンドできりりとたくし上げた袖口《そでぐち》から手首の先が見える。どの指にも、指輪はない。

右に左に動く彼をルミは頬杖《ほおづえ》をついて眺めた。見られていても動じずに、吉川は無言で立ち働く。美しい集中力。職人的な勤勉さ。ぼんやり見とれているうちに、すっとシェリーグラスが滑ってくる。

「これは、おごり」

そう言って微笑み、すぐにうつむいてチーズを切り分け始める。

こういうところが憎いのよ。

店名に惹《ひ》かれて一杯だけのつもりで立ち寄り、彼に一目惚れして一年経った。週に一度は必ず寄る。

ドント・ウォーリー、ビー・ハッピーに生きてきた狂騒型のミュージシャンに懲《こ》りた娘は、静かなるバーテンダーに恋をしている。

明らかに三十代後半、そのうえバーテンダーという職業柄を考えると、吉川の過去はたくさんの女で彩られていることだろう。素《す》っ堅気《かたぎ》の仕事ではない点など、ミュージシャンとご同様だ。チャーリーのかっこよさに惚れ込んだ浅はかな母と同じレベルだと、ルミは自分を嗤《わら》ってみる。でも、好きになったものはしょうがない。違うのは、母のように積極的になれないことだ。

女子大から女ばかりの会社に就職。顧客もほとんどが主婦。もともと内気なところにもってきて、男なき世界で働くルミを心配した友達が独身の従弟《いとこ》を紹介してくれたのは二十三歳のときだ。おとなしそうな男で気持ちは燃えなかったが、せっかくの好意を無にしては悪いと思ったので付き合った。そして、燃えないまま三年続いたのも、せっかく好いてくれているし、優しくしてもらってるから、という消極的な理由からだった。キスもセックスもするにはするがおざなりで、歯ごたえのないルミに相手のほうが冷めていった。連絡がなくなって、なんとなくホッとしたが、まもなく振られた自己嫌悪がやってきた。

つまらない女なんだ、と思う。恋愛したことがないんだもの。モテない、愛されない、認められない、寂しい女。

でも、吉川に出会って、彼を見ているだけで陶然とする自分に驚いた。まるで、アイドルに憧れる中学生だ。うっとりすると同時に、彼との距離が悲しい。この気持ち自体が重苦しい。これは恋だ。生まれて初めて、恋をしている。

二十七歳で初恋。ウブというか、鈍感というか、発育不全というか、どっちにしろ恥ずかしくて、とても人に言えない。母親にだって、言えない。

恋することは苦しいと、チャーリーは知らない。彼にとっては男と女は、好きになった、したい、そう思ったらそう言う、それでオッケー、なのだ。

なんて簡単なのだろう。

でも、簡単に結びつけるなら、それは羨ましいことだ。あの歳で再婚相手も見つけて、恥ずかしくて見ちゃいられないほどデレデレしている。

あのチャーリーと好きだから結婚し、いやになったから離婚したアクティブな母の間に生まれた自分が、恋しい人の前で立ちすくむしかないなんて、一体遺伝子はどうなっているのだろう。ノーテンキとアクティブがかけ合わさって、思い切り引っ込み思案の性格が出来上がるなんて理屈に合わない。

なんとかして、体内に潜んでいるはずの〈ドント・ウォーリー、ビー・ハッピー〉細胞を総動員して、恋のど真ん中に飛び込んでいかなくては。

だって、吉川が欲しいもの。ほんとに、ほんとに、欲しいもの。

3

吉川が店に入るのは、五時頃だ。一人で切り盛りする彼は、掃除も簡単なつまみの準備も自分でやる。誰もいないところで告白して、できたら掃除やグラス磨きなんかも手伝おう。今の仕事は好きだが、できるだけ吉川をサポートしたい。なんなら勉強してバーテンダーになり、一緒に店をやってもいい。〈カヴァティーナ〉に行く道々、そこまで考える自分にルミは一人で照れた。

だが、妄想の主の横顔がいきなり目の先に現れたものだから、ビックリしてニヤニヤ笑いが引っ込んだ。

吉川が横合いの路地から出てきて、店のある方向へと曲がったのだ。くたびれたTシャツにチノパン、サンダル履きで、片手にフランスパンやチーズの塊がのぞくビニール袋を提げ、うつむき加減で歩いていく。営業中の颯爽《さっそう》とした趣は影をひそめ、いくらか老けて見える。これが普段の吉川なのだ。

なんとなく嬉しいのと同時に動悸《どうき》も高まって、ルミは声をかけることができず、彼の後をついて歩いた。

店に入ったのを見計らってから、行けばいい。そう思って、気づかれないようにゆっくりついていくと、店への階段を上がる途中カヴァティーナのメロディーが流れ、吉川の足が止まった。そして、携帯を取るために首を後方にねじってズボンの尻ポケットを探った。ルミはとっさに階段の裏側に身を寄せた。

「はい。ああ、うん。今、店の前」

穏やかな声に微笑が混じっている。

「帰りは四時くらいになるから、待たないで寝ちゃってていいよ。大家さんに言ってあるから、鍵《かぎ》借りて。うん……うん。そのことは、会ってからゆっくり話そう。うん。はいはい、じゃあね」

相手は女だ。誰か、いるんだ。部屋に入って、帰りを待つんだ。

なぜか、他の可能性が一切浮かばない。直感だ。直感は正しいと言うではないか。ただの友達にしては、声の調子が優しすぎる。ルミにおごりのシェリーを差し出すときも優しい声だが、全然違う。今の吉川の受け答え方は、完全にリラックスしていた。

もう、ダメだ。失恋した。

ふらふらと通りに出た。計画していたことが一気に消え去ったこの夜を、どうしたらいいのだろう。

泣くこともできず、茫然自失のていでうろつくルミの耳に〈無伴奏チェロ組曲第一番〉が届いた。条件反射でバッグに手を突っ込み、携帯を取った。

「ルミィ。お父さん、ショックで死にそうなんだ」

泣きの入った声が飛び込んできた。

「店も閉めちゃってるの。来てくれないかな。誰かに話さないと、どうかなっちゃいそうで怖いんだよお」

「……わかった」

こっちの都合を聞きもしないんだから。口の中で愚痴ったが、とりあえず行くところができてホッとした。チャーリーの、おそらくバカバカしいに違いない嘆きを聞いているうちに、きっと落ち着く。落ち着ける。それを期待もした。

〈茶亜利以飯店〉は国道沿いにある。カウンターと二人がけのテーブル席が五つ。隅っこに置いてあるオーディオセットと積み重ねたCDに、ミュージシャン魂が込められているらしい。もっとも、主に流れているのはチャーリー・オン・ステージのテープだ。ときどき、パートの美佐子さんが昔のストーンズに替える。八年前の開店以来の付き合いになる美佐子さんも年季の入ったストーンズファンだ。

準備中の札がかかっている引き戸を開けると、ちょうど美佐子さんが出てくるところだった。ミックの顔がプリントされたTシャツを着た美佐子さんは、ルミを見て眉を八の字にして困惑を示した。

「荒れてるよお」顎《あご》で中を示す。「今日は休みだ、明日もやらないって言ってるけど、気が変わってやるようなら電話してよ。身体の具合が悪いわけでもないのに、勝手に閉めるなんて。こんな店でも、常連さんがついてるのにさ」

後半はチャーリーに当てつけている。

「うるせえ。とっとと消えろ、クソババア」

すでに酒が入っているのが声でわかる。

「すみません」

ルミが謝ると、美佐子さんは笑った。

「ババアだジジイだって言い合いは、いつものことよ。それより、あと、よろしく頼むね」

ポンとルミの肩を叩いて、出ていった。

チャーリーはカウンターの隅で入口に背中を向けて座り、ビールを飲んでいた。二つの寸胴鍋《ずんどうなべ》は蓋《ふた》がしてあり、まな板の上ではキャベツが丸のまま転がっている。厨房に火の入ってない店は、冷え冷えとしている。

「どうしたの」

いつまでも振り向かないチャーリーの横に座り、ルミはそっと訊いた。呼び出しておいてこの態度はないが、十分にしょげているところを見せたいのだろう。

「お父さんな、だまされてたんだ」

肩を落として、チャーリーは言った。

「誰に」

「あの女にさ」

かの女コックとは親しくお付き合いはしていたが、キスから先にはまだ行ってなかった。ルミの承諾も得たことだし、天下晴れて結婚を考えていることを匂わせて是非とも朝まで一緒にと口説くと、それでは店がはねる時間に迎えに来てくれと言う。そりゃもう喜び勇んで行ったら、今度は会ってほしい人がいると言い出した。一緒に働いている姉以外に家族がいるとは聞いてなかったが、こうなったら誰にでも会いましょうと同意すると、タクシーに乗せられた。

着いたところは、セキュリティの行き届いた高級マンションだったが、連れていかれた一室は二部屋しかなかった。入口に近い八畳ほどの和室には深夜だというのに人がひしめき、ヒソヒソ話し合っている。彼女はその奥にあるドアを指差して、あそこにお母さまがいると耳打ちした。

お母さま――チャーリーが知っている彼女の口から出る言葉とは思えない。それに、全体の雰囲気がおかしかった。集まっている人の中から、ぶつぶつとお題目のようなものを唱える声がする。と、突然、ドアの向こうから押し殺した嗚咽《おえつ》が漏れてきた。たじろぐチャーリーに彼女は、お母さまはマリアさまの声をわたしたちに取り次いでくださってるのと言った。

「その目がさあ」

問わず語りをしていたチャーリーは、泣きそうな顔になった。

「完璧《かんぺき》にいっちゃってるんだよ。俺、ぞっとしちゃってさあ。ミックがマハリシにだまされて以来、ダメなんだよ、宗教って」

あとずさるチャーリーをつかまえ、彼女は、お母さまの祝福をいただいて一緒にお仕えしようとかき口説いた。お姉ちゃんはわかってくれないの。持ってるものは全部ご寄進して無心になりたいって思ってるだけなのに、毎晩喧嘩《けんか》。お母さまが予言してたのよ。あなたはまもなく魂のお仲間と出会って、一緒に魂のお仕事をするって。そしたら、あなたが結婚したいって言ってくれた。あなたが、その人なのね。一緒にお話を聞きましょう。そして、本当の生き方をきわめましょう。

チャーリーは追いすがる彼女の手を振り払い、逃げてきた。

数日後に、どうにも気になってスペイン居酒屋に様子を見に行った。顔をのぞかせると、姉が気の毒そうに下唇を突き出した。

「お母さまんとこに連れてかれた？」と訊く。姉の説明によると、妹は昔から星占いだの霊界だのが好きだったが、一昨年、更年期のせいで心身不安定の折りに友達に誘われて「お母さま」に会って以来、体調がよくなったのをきっかけに、どんどんのめりこんでいったという。

「あたしから見れば単に更年期を過ぎただけのことだと思うんだけど、本人はすっかりその気になっちゃって」

休日にお母さまのところで教えのプリント作りを手伝ったり、自分の金を寄進する程度なので放っておいたが、最近は店の客を勧誘しようとするので困っているとこぼした。

「自分たちだけでひっそりやってくれりゃ、いいのに。なんで、ああいう人たちって仲間を増やしたがるのかね。ご寄進ご寄進って言われると、どうしたって金目当てだと思うじゃない。そう言ってやめさせようとすると、もう鬼悪魔呼ばわりでさ。店で料理作ってるときは、ちゃんとやるのよ。働いてお金稼ぐのは、お母さまのためだからね。だけど、話がそっち方向に行くと人が変わる。おかげで、ずいぶんお客逃がしちゃったわよ」

姉の話によると、妹に惚れて引き込まれそうになった男はチャーリーが三人目だそうだ。

「あの子は昔からジジイ殺しでね。今んとこ、みんな逃げられてるけど。だけど、一度逃げられたらしつこくしないよ。だから、変わらずごひいきくださいね」とチャーリーに両手を合わせたとき、ドアが開いて妹が入ってきた。買物袋を提げた彼女は「あら、いらっしゃい」と、いつも通りの感じのよい挨拶《あいさつ》をした。

「なんにもなかったような顔してるんだよ。そのほうが怖いだろう。俺、もう、狐《きつね》にだまされた気分よ。あの優しさは、俺への愛情からじゃなかったんだ。宗教に引きずり込むためのたぶらかしよ」

チャーリーはうなだれた。

「引きずり込まれたら大変だったんだから、結果的にはよかったじゃない。落ち込まないでよ」

「落ち込むよ」

チャーリーは立ち上がると冷蔵庫から口を切った一升瓶を取りだし、コップに注《つ》いで立ったままぐいと飲んだ。そして、天井を見上げて目をしばたたいた。

「俺さあ、最後に女と付き合ったの、三十九のときだぜ。それ以来、女っけゼロ。十五年ぶりで素人《しろうと》の女とイチャイチャできると思って、ときめいたのに」

ルミは思わず指折り数えた。三十九といえば、まだ結婚していた頃だ。

「……だって、女癖の悪いのが直らない、それも離婚の理由だったたってお母さんが」

「離婚する何年も前から、きれいなもんよ。相手してくれるのは商売女ばっかり。だけど、お母さんは素人さんとできてると思ってたんだ。それなのに、実はもう全然モテなくなりました、なんて言えるか?」

「そうなの……」

この人のどこがいいんだろう。母の愚痴を通して聞かされるモテモテ話を聞くたびにそう思った。それでも、どこかでモテる父が自慢でもあった。それが嘘《うそ》だったなんて。白けた気持ちが顔に出たらしい。

「若い頃は、ほんとにモテたんだぞ」チャーリーはムキになって、言い立てた。「毎晩違う女とやってたんだ。ときには二人いっぺんってこともあった。ほんとだぞ。お母さんに聞いてみろよ」

腕を振り回すので、コップの酒がTシャツを濡らした。ルミはハンカチを取り出して、拭いてやった。

「耳にタコができるくらい、聞かされてるわよ」

「それなのに、こんな風になるなんて。つらいよ。生きてる甲斐《かい》がないよ」

チャーリーは子供のように膝《ひざ》を抱えてうずくまった。いい大人がなんてざまだ。

ルミは父親のバーコードはげに向かって「バカみたい」と吐き捨てた。

「ドント・ウォーリー、ビー・ハッピーはどうなったのよ。結局、口ばっかりの弱虫なんじゃない。娘が失恋して落ち込んでるっていうのに、自分のことしか見えないんだから。お父さんはいつでもそうなのよ。俺の話を聞け、俺に注目しろ、俺に感心しろ、俺のことだけ好きになれ、いっつもそういう風に自分を押しつけて」

チャーリーではなく、お父さんと呼んだのは何年ぶりだろう。心の声がそっくり口に出た。そうだ。父と接触するのがいやだったのは、その正直な求愛ぶりがうっとうしかったからだ。

ルミだって、言いたかったのだ。口に出して、態度に出して、訴えたかった。わたしを見て。わたしをほめて。わたしを愛してと。

でも、言えなかった。他人に自分を押しつけないのが大人だと気取って、ひとりでカッコつけていた。

まったく、バカみたいだ。チャーリーと、いい勝負だ。

「おいおいおいおい。冗談じゃねえぜ」

今し方までつぶれた泥団子みたいだったチャーリーの身体がピンと伸びたかと思うと、手近な椅子《いす》に大股広げてふんぞり返り、しかつめらしく腕を組んだ。

「失恋しただと? 相手は誰だよ。教えろよ。行って、どこに目がついてるのか、みっちり説教かましてやらにゃ」

「やめてよ」口ではたしなめたが、同情されて感情の蓋が開いた。カウンターに備え付けのティッシュで洟《はな》をかみつつ、ルミは涙声で打ち明けた。

「無駄よ。誰か、いるみたいなんだもん」

「みたいって、確かめたのか」

「それは、まだだけど」

「バカだな、おまえは」チャーリーは大げさにのけぞった。

「なに、グズグズしてるんだよ。好きだ、抱きたい、抱かれたい、バンと言うんだよ」

「言って、振られたら？」

「振られないよ」

「なんで、そう言いきれるのよ」

「おまえみたいな可愛い子を振るバカがいるかよ、もったいない。他に女がいたって、好きだって言われりゃ抱くのが男だ。そうやって一度くっついちまったら、こっちのもんよ。押して押して押しまくって、他の女を押し出すんだ。お母さんは、そうやって俺をものにしたんだぞ」

「彼は、チャーリーみたいに軽くないもの」

「バカヤロ。男のスケベ心に重いも軽いもあるか。どんな男も、スケベ心はオールウェイズ・ワイドオープンよ」

そんなこと言われたって。ルミはティッシュごしに恨めしげな目を送った。

「そんなにうまくいくかな」

「いくいく。ドント・ウォーリー、ビー・ハッピー」

また、それだ。

ルミの中で悲しみが怒りに反転した。ついさっき、それでも救われない自分をさらけ出したばかりじゃないか。

「そうやってハッピーなふりするの、やめてよ。十五年もモテなくて腐ってたくせに。説得力、ないよ。チャーリーの言うことなんか、信じないよ。信じないからね」

わめくと、興奮で耳鳴りがした。いつのまにか、立ち上がっていた。唇をへの字にしてルミを見上げていたチャーリーが、ゆっくり立つと右腕を振り上げた。

殴る気か——本能的に目を閉じて、顔をそむけた。その右のこめかみあたりを、人差し指が軽くこづいた。はぐらかされてそっと見ると、チャーリーは両手を腰に当てて威張っていた。

「おお、そうかい。ルミはそいつのことを、あきらめるんだな。あきらめてハッピーになれるんなら、そうしなよ。言っとくけどな。俺は、あきらめねえよ。宗教女はノー・センキューだけどさ。ドント・ウォーリー、ビー・ハッピーってのはな、人生あきらめたらおしまいだってことなんだぞ。そうだとも。よし、ラーメン作ろう」

チャーリーは景気よく一本締めの手を打ち鳴らすと、腰のポケットからバンダナを取り出して頭に巻いた。そして、美佐子さんの携帯に電話して呼び出すように、ルミに指示した。

パチンコをしていた美佐子さんはすぐに戻ってきた。ルミが復活第一号のラーメンを食べていると、のれんを分けてタクシーやトラックの運転手がどんどん入ってきた。チャーリー・オン・ステージのテープが流れる中、軽口が飛び交い〈茶亜利以飯店〉はいつもの賑《にぎ》わいを取り戻した。大声でしゃべりながら中華鍋を振るうチャーリーは、ルミが店を出たことにも気づかなかった。

しかし、ルミのほうもそんなことはどうでもよかった。行きたいところがあったのだ。

〈カヴァティーナ〉は混んでいた。カウンターの隅に腰を落ち着けたルミに目で「少し待って」と謝って、吉川は何杯ものカクテルを作った。ルミは働く彼の顔を見つめた。

あきらめて、ハッピーになれるのか？　不幸を回避したことで得られる安息なんて、たかが知れてるんじゃないのか？

「お待たせしました。何にしましょう」

ようやく前に立った吉川に訊かれて、ルミは言った。

「ルビー・チューズデイ」

「あっと、そんな名前のカクテルは、えーと」

「カクテルじゃないの。わたしの名前。親がつけてくれた本当の名前」

「ほお」

「人に言うの、初めてよ」

吉川の職業的な笑みがふっと消えた。素に戻って、言葉の意味を反芻《はんすう》している。その目に、ルミは微笑みかけた。誘うように、囁くように、思いを込めて。
ドント・ウォーリー、ビー・ハッピー。

利息つきの愛

1

くうちゃんが失恋した。

実は、関係はかなり前から壊れていたのだが、くうちゃんがなかなか認めなかったのだ。一番盛り上がっていたときは同棲《どうせい》同然で、くうちゃんの部屋には彼の置き下着があった。もちろん、合鍵も渡していた。

なんたって、合鍵を渡すというのは二人が恋人になったという確認行為である。有頂天《うちょうてん》のくうちゃんは、彼氏がいることを誰かれなくしゃべった。経営するセレクトショップ〈セルジュ〉で接客中に携帯が鳴ると、ニンマリするから誰からの電話かすぐわかる。そのうち、彼氏の着メロを店の常連も友達も、みんなが知ることになった。

それはスタンダードナンバーの『ユー・ビロング・トゥ・ミー』だった。くうちゃんの彼氏は、キザなやつなのだ。といっても、直《じか》に会ったことはない。写真を見せてもらっただけだ。

肩幅が広く、青いデニムのシャツをラフに着こなしている。細面《ほそおもて》で切れ長の目。ちょっと疲れた感じ。わたしには、どこがいいのかわからない。

わたしとくうちゃんは、男の趣味がかぶらない。それが友情を保っている理由かもしれなかった。

わたしは、若くてピチピチした元気のいいおニイちゃんが好きだ。バイク便坊やでも、ビルの窓拭きでも、いい笑顔でキビキビ働いているのを見るとよだれが出る。

だが、出ても呑《の》み込むしかない虚しき日々がずらずら並ぶ今日この頃。

わたしの物腰が、いけないのかもしれない。

激安ドラッグストア勤めとはいえ、痩《や》せても枯れても薬剤師だ。白衣を着て、髪を後ろでひとつに結び、前髪はきっちりピンで留めて、厳《おごそ》かに薬の説明をするのが習い性になって、可愛いなと思った彼らに対しても、出る言葉といえば「ご苦労さま」。好意の表現はドリンク剤やビタミン剤を渡して「疲れてるみたいだから。サービスよ」と、クールな顔で。

クールな顔は、ほぼ生まれつきだ。薄くて大きな唇。奥二重でつり上がり気味の目。細い鼻梁《びりょう》。十代の頃から中年殺しと言われた容貌《ようぼう》だが、わたしはおじさん、大っ嫌い。

おじさんなら一発でコロリのクールビューティーも、若いおニイちゃんたちにはとっつきにくく思えるらしい。おじさんに言い寄られ、おニイちゃんには敬遠される。この需要と供給の落差に悩み、どんなに色っぽいとほめそやされても、こんな顔に生まれついてよかったと思ったことがない。

それでも、ときどき年上好みらしきおニイちゃんがひっかかり、お付き合いが始まるものの、花咲く春は短く、夏も秋も飛ばして冬が長い。恋愛模様まで北国並みなのは、クールビューティーの運命か。

そんなこんなでわたしの場合、一番最近のと別れてから、半年、いや、一年になる。正確に言えば、一年と十八カ月。

「二年以上と、はっきりお言い」

コーちゃんは厳しい。越路吹雪を意識したメイクとヘアスタイルの男装の麗人と言いたいところだが、女装の変人というのが正しい。

年齢はむろん不詳（本人は三百歳だと言っている）だが、客の推測によると還暦《かんれき》は過ぎているらしい。甲羅を経たゲイの言うことには、誰も逆らえない。

「男がいないのは、恥ずかしいことじゃないだろ」

「恥ずかしくないけどね。寂しいよ、二年ともなると」

「大丈夫だよ。いないのに慣れれば。いたって、いずれ別れるんだから」

コーちゃんは視線を、カウンターに突っ伏しているくうちゃんに流した。

「まだ別れてない」

くうちゃんはくぐもった声で反駁《はんばく》した。

「連絡が来なくなっただけだもん」

四十二にもなって「だもん」しゃべりはないだろう。彼氏とトラブると、くうちゃんは子供になる。

「置き下着、取りに来たんだろ」

「そのとき、合鍵も返されたんでしょ」

コーちゃんとわたしはこもごも追い打ちをかけた。だが、くうちゃんはしぶとい。

「でも、はっきり終わりにしようって言われてないもん。フェイドアウト中」

「さっさとメインスイッチ切っちゃいなって」わたしは冷たく言った。

「あきらめてる途中なんだよ。うるさいね」

くうちゃんは両腕の中に顔を埋めたまま、口答えした。

「あんたも、人のことは言えないよ」

公平なるコーちゃんは、わたしに矛先《ほこさき》を向けた。

「わたしは終わったらきっぱりと、終わったと自分に宣言するもの」

わたしは空を指さして、明日を目指す決意のポーズを取った。

「その終わった宣言を半年もやるじゃないか。誰も聞いてないのに自分から、わたしは決心した、乗り越えた、もう大丈夫、平気平気ってずーっと言い続けてるのって、うっとうしいもんだよ。自分に言い聞かせてるうちは、未練があるってことじゃないか。もっとも、最近はすっかりお静かだけど」

「未練を残す相手もないってことさ。羨ましいねえ、楽で」

今度はくうちゃんがコーちゃんの尻馬《しりうま》に乗って、わたしをいじめた。

「男、男って、ガツガツしなくなったのよ」

わたしは無理をして、言い返した。

「よくない相手にひっかかって、ずたずたにされるのなんかまっぴらだからね。誰かさんみたいに」

「ずたずたにならないのは、抱いてくれる腕もないってことじゃないか」

くうちゃんは頭を持ち上げ、うめくように言った。その言葉は、わたしの痛いところを鋭く突いた。

「僕はずたずたになっても、ぎゅーっと抱きしめ合いたい。それなしになるんなら、死んだほうがいい」

くうちゃんこと邦彦《くにひこ》は、ゲイだ。おねえキャラで売るタレントのような、いかにもそれらしい言葉遣いや振る舞い方はしないけれど、誰にも隠していない。正々堂々の同性愛者だ。

「簡単に死ぬ死ぬ言わないでよ。振られたくらいで」

わたしはくうちゃんにきつい言葉を投げつけた。沈む一方の自尊心を救うには、他人を踏み台にするのが一番だ。だが、くうちゃんも負けてない。

「恋のために死ぬくらいの気持ちになってみろ。この半端者め。自尊心が傷つきそうになったら、すぐに引き返しやがって」

グサッときた。こんちくしょうめ。

確かにわたしは、恋愛のゴタゴタで致命傷に至ったことはない。傷つけられて泣くなんて、自尊心が許さない。いい思いさせてもらったわと笑って許せる程度で終わらせるのが、わたしのやり方だ。

「死ぬ気の恋は、ちゃんと愛し合ってる人とするわよ。毎度毎度死んでられるか、ロミオとジュリエットじゃあるまいし。八つ当たりもいい加減にしてよね」

「八つ当たりくらい、させておやり。それが友達ってもんじゃないか」

コーちゃんがジタンをくゆらせながら、間に入る。

「こいつ、サボテンみたいにトゲトゲだらけだから、八つ当たりされると痛いんだもん」

「美和《みわ》は鬼アザミだ」

くうちゃんがすかさず言い返した。

「花のくせに暗い色でチクチクして、ちっともきれいじゃない。売り物にならないから、花屋が置かない雑草だよ。サボテンは鉢植えがあるぞ。トゲトゲしてるのは葉っぱで、花は可愛いのが咲くんだ。『サボテンの花』という名曲もある」

「売り物にならないなんて、あんた、友達にそこまで言う？」

「そっちが先にサボテンって言ったからじゃないか。正当防衛だ。大体、友達がフェイドアウト中で苦しんでるとわかってて、慰めの言葉ひとつ言わないなんて、どこが友達だ。しょせん、男がいないのが普通の美和には、僕の気持ちはわからないんだよ」

「！」

男がいないのが普通だなんて、言うに事欠いて、自分でも見て見ぬふりをしている事実を白日《はくじつ》の下《もと》にさらけ出しやがって。

言葉を失い、どうしてくれようと眼を泳がせるわたしを見て、コーちゃんが哄笑《こうしょう》した。

「あんたたち二人で、『朝まで生テレビ』やってるみたいだね」

2

わたしとくうちゃんは、罵《ののし》りあいになったら息が合う。そもそも出会ったときから、口喧嘩をしていた。

あれは五年前のことだ。わたしは、向こうからなついてきたことから安全牌《パイ》と思い込んでいた男に振られ（そうな気配に気付いて、自分からバイバイしたのだが）、女友達に愚痴りまくって悪酔いし、慰めるつもりで彼の悪口を並べた子に食ってかかって大喧嘩をした挙げ句、道端に放り出された。

すでにヨレヨレだが、自分を見失っているから収まりがつかない。フラフラ歩いているうちにトイレに行きたくなり、ビルとビルの隙間《すきま》に見えた灯《あか》りの中に飛び込んだ。

そこはカウンターだけのとてつもなく小さなバーで、わたしは『不思議の国のアリス』になったのかと思った。おあつらえ向きにカウンターの奥には厚化粧の魔女がいて、しわがれた声で「いらっしゃい」と言った。

「トイレ、貸して」

ドアから身体半分入れて開口一番そう言うと、魔女は「出したぶんだけは飲んでってもらうよ」と答えた。

「飲むさ。飲まいでか」

わたしはあっちこっちにぶつかりながら、魔女が指さす方向のドアに向かった。用を済ませてカウンターに戻ると、黄金色の液体が入ったトールグラスが待っていた。口にすると、ほとんどお茶だ。

「なに、これ」

「ウコン茶の米焼酎《じょうちゅう》割り。これは、つまみ」と差し出されたのは、ウコンのドリンク剤だった。アルコール分解を促進するというので最近、流行《はや》りの自然素材だ。この店は良心的だ。わたしは一人で頷《うなず》いた。

「おしっこはうちのトイレに出していいけど、吐くんだったら外で頼むよ。うちからは三百メートルは離れてやっとくれ。で、すっきりしたら、戻ってきてよし。それがうちのルール」

「吐かないわよ。もったいない」

わたしはぶすっと言い返した。

「せっかく身のうちに入ったものを吐くなんて、不経済な。自分のものになったのに、吸収しないうちに出ていかせるなんて、そんな、そんなこと、一日に一回でたくさんよ」

そこでカウンターに突っ伏し、おいおい泣いた。壊れているんだから仕方ない。

「なんか、ずいぶん汚い言い方する女だね。こっちは楽しく飲んでるんだから、悲劇のヒロインやるんなら、もうちょっと美しくやってくれないかな」

カウンターの隅から声が飛んだ。重い頭をようよう持ち上げて見ると、艶消《つやけ》しチタンフレームのしゃれた眼鏡《めがね》をかけ、鮮やかな色合いのプリントシャツを着たこじゃれた男がわたしに向かって、ふんとばかりに顎《あご》をあげた。なにか言い返そうとした途端に、吐き気がこみ上げた。

口を押さえて立ち上がると「外」と厳しい声が飛び、横合いから腕を取られた。さらわれるようにして外に連れ出され、五歩ほど歩いたところで堰《せき》が切れた。それでも道路の端まで持ちこたえ、しゃがみこんで吐いた。

わたしは涙を滲ませながら、できるだけ吐いた。粘《ねば》っこい胃液しか出なくなり、ようやく少し顔を上げて息をついた。すると、横からコップが差し出された。

「塩水だよ。これで口すすぎな」

受け取って、ネバネバした口中をすすいだ。立ち上がるとき、腕を支えてくれた人の顔を見ると、さっきからからんできた眼鏡男だった。

「僕の顔見て吐いたんだから面倒見ろって、コーちゃんに言われちゃったよ。厭味《いやみ》な女だねえ」

「……ごめん」

彼に連れられ、しおしおとバーに戻ると、グラス一杯のウコン茶とウコンドリンクが待っていた。

吐いたらすっきりする。人心地ついて「お騒がせしました」と謝ると、「うちで吐かなかったから、許す」。

渋い声でそう言う魔女の痩せた喉《のど》から、突き出たアダムのリンゴが見えた。別名、喉仏。

「ここ、ゲイバーなの」

思わず目を丸くすると、魔女は目を細めた。

「わたしゃゲイだけど、ここはただのバーだよ」

「ゲイバーじゃ、悪いか」

再び離れた席に座った眼鏡男が、鼻白んだ。

「悪いというより、苦手なのよ。トラウマがあって」

薬局に就職したての頃、先輩たちにゲイバーに連れていかれた。最初は興味津々だったが、そのうちおじさん同士のディープキスを目撃してしまった。

少女漫画にあるような美少年同士のキスならいいけれど、たとえるなら現政府の官房長官と防衛大臣が舌を絡め合っている様子を想像していただきたい。

うげげ。

「それ以来、ゲイだのホモだの聞くとあのときのキスシーンが目に浮かんで」

酔っぱらって自制心がなくなったわたしは、正直に嫌悪感をさらけ出した。

「あんた、そんな了見だから、モテないんだよ」

眼鏡男がびしっと言った。これは、効いた。

わたしたち、もうダメかもねと言ったら、美和さんがそう思うんなら仕方ないとあっさり受け入れられた。バカ言うなよと笑うか、怒るかしてくれるのではないかと期待していたのに。

わたしはどうせ捨て牌だったんだ。そう思って泣いた日に、モテないなんて、一番言ってほしくない言葉だった。わたしはムキになった。

「そうかしら。みんな言わないだけで、ストレートの人間にとっては同性愛者は、やっぱり気持ち悪いわよ」

「だって、美少年同士ならいいけどって、自分でそう言ったじゃないか。それがたまたま汚いおじさんがベチョベチョやってたから、気持ち悪くなったっていうんだろ。考えてごらんよ。それがおじさんとおばさんのディープキスだったら、どう。いやな気持ちにならずに、微笑ましく見てられたか？」

わたしは想像してみた。そのベチョベチョキスをしていたのが、現政府のおばはん官僚とおじさん大臣だったとしたら——。

うげげ。

「ほら、ごらん」

わたしのしかめ面を見て、眼鏡男は勝ち誇った。

「あんたがいやなのは、男同士のディープキスに限らないんだ。人のラブラブが憎らしいんだよ。自分がそういうことに縁遠いもんだから、ひがんでるんだ。愛する人と見つめ合ったら、たまらなくなって人目構わずキスせずにはいられない。その気持ちがわかる人間なら、よそさまのキスシーンに目くじら立てたりするわけないさ」

わたしは唇を尖らせて、黙った。彼の言うことは当たっている——ような気がした。それに、同性愛は気持ち悪いと言い切ったことにも気が咎《とが》めた。ウコンが効いて、平常心を取り戻したせいだろうか。

「図星だろ」

眼鏡男はますます得意顔になった。

「見りゃわかるよ。あんたは人前でキスするなんてこと、絶対にできない人間だ。相手を意識するほど、本当の自分を隠して気取っちゃうだろ。そのぶん、こうやって、知らない人間の前で平気で傍若無人になるんだよ。古い言葉で言えば、ぶりっこだ」

ぶりっこ。またの名を二重人格。さっき大喧嘩した女友達には、そう吐き捨てられた。感情的な大バカのくせに、男の前では冷静そのものみたいな顔して気取り倒して。一生、そうやってるがいい。

一晩で二度も傷口に塩を塗り込まれて、わたしは言葉もなく、ただ男を睨《にら》みつけた。すると彼は、気持ちよさそうに言い募《つの》った。

「あんた、屈折しまくりで根性がねじくれ曲がってる。人の幸せ、大嫌いだろ」

「そんなこと、ないわよ」

わたしは気色《けしき》ばんだ。

「いくらなんでも、初対面の赤の他人がそこまで言うなんて、失礼じゃないの」

「ゲイを見下すのは、失礼じゃないのか」

それに関しては反省している。罪悪感を感じていたから、わたしはうっと詰まった。

「顔見て、吐いたしね」

魔女が面白そうに茶々を入れた。それで少し楽になった。

「あれは生理的反応よ」

わたしは勇躍、眼鏡男に言い返した。

「おたくがゲイだから気持ち悪くなったんじゃないわよ。顔の造作にアタッたのよ。それと、そのシャツの色」

「顔は可愛いよ、僕は」

眼鏡男は真顔で言い切った。鼻の低い三枚目フェイスのくせに。よく言うよ。わたしは吹き出した。きょう、初めての爆笑だ。魔女も笑っている。

彼は憤懣《ふんまん》やるかたない様子で、なおも言った。

「それに、服のことを言われたくないね。あんたのそのポロシャツはなんなんだよ。趣味悪い」

ピンクのポロシャツにデニムのスカート。ストッキングにスニーカー。それが、そのときのわたしの服装だった。近くのスーパーのバーゲンで買ったものだ。

ファッションはわたしの弱点だ。自覚しているだけに、指摘されて思わず赤面した。

白衣を着ている時間が長いせいか、普段着が手抜きになる。というのは言い訳で、面倒くさいのだ。

バーゲンシーズンにブティックに入ると、色と形の洪水に押し流されて、見ているだけで疲れてしまう。試着しても、似合っているのかいないのか、わからない。鏡の中の自分をためつすがめつ見ること自体、なんとも面映《おもは》ゆい。で、売り子に「お似合いですよ」と言われたものを買っては、友達に「なに、それ」と笑われるのが落ちだった。それに懲りて、可もなく不可もなくの格好に落ち着いたつもりなのだが、眼鏡男は悪趣味と切って捨てた。

わたしはうつむいて、自分の身なりを点検した。

「おしゃれじゃないけど、悪趣味ってほどでもないんじゃない？」

思わず、問いかける口調になった。口では攻撃したが、彼の着ているシャツの色はきれいだなと思っていたのだ。赤と黒がうまい具合に混じり合っていた。というように、漠然とした説明しかできないのだが。

「ゴルフの帰りだとしても、いい大人がバーでそんな芸のない格好してるの見ると、イライラするんだよ」

「くうちゃんは、洋服屋なんだよ」

魔女が説明した。

「ブティック？」

「セレクトショップってやつ。メーカー関係なく、自分の好みで仕入れたのを売ってるんだけど」

くうちゃんはそこで言葉を切り、わたしをじっと見た。

「あんたは素材はいいんだから、似合うものを着たら女っぷりが七割アップするよ」

「ほんと？」

思いがけずほめられて、わたしはニコッとした。すると、くうちゃんは席を立ってわたしの横に来た。

「大人顔なんだから、こんな甘い色じゃなくて、グレー、黒、モスグリーン、そういう深みのある色がいい。デニムはジーンズだけにとどめて、ボトムは質のいいものを着なさい。歳なんだから」

「歳はよけいよ」

「いい歳、それなりの歳って意味だよ。若くないことを気にするなんて、バカだよ。こんな高校生みたいな格好はしないのが、大人の心意気ってもんなんだから」

「うーん」

彼の言うことは説得力があった。なにより、具体的に似合うものを提案されたのが興味深かった。気がついたら、わたしはくうちゃんの店に行くことを約束していた。

ゲイへの偏見は、どこに行ったのだろう。驚いたことに、わたしは三日後に彼の店〈セルジュ〉に行き、そこでくうちゃんのお見立てで服を買い込んだのだ。

彼の品揃《しなぞろ》えは、フォルムより布そのものの魅力に主眼を置いていた。さまざまな色が混ざり合うプリントものやニットが、床も壁も白い店内に美しいグラデーションを描いていた。デザインはシンプルでゆったりしている。ウエストも打ち合わせも紐《ひも》や留め具で調節するものが多く、近頃とみに下半身がだぶつき気味のわたしには有り難かった。

くうちゃんは次々と服を取り出して、わたしに着せた。わたしは初めて「好きな服」を見つけた気がした。嬉しくて、出されるものはみんな買うと言い出し、くうちゃんに「あんたも働く女なら、予算てものがあるでしょう。身体はひとつなんだから、少しずつにしときなよ」と止められたほどだった。

くうちゃんは試着室に頻繁に出入りし、わたしの下着も見た。わたしのほうに、とっくに羞恥心《しゅうちしん》がなくなったからだ。ゲイだと思うと、腹を割った女友達同然で気にならない。だが、ゲイは女友達より厳しい。

「あんた、男とするときは勝負パンツはくんだろうね。まさか、そのおばさんパンツじゃないよね」と眉をひそめた。

勝負パンツなんか、持ってない。

「そういうときはいつも暗くしてるから、別にいいじゃない、なんだって。どうせ脱ぐんだし」

「あー、もうダメ」

くうちゃんは両手で顔を覆った。

「あんた、そういう了見だから、フェロモンが出なくなって男が通り過ぎるんだよ。下着のおしゃれを楽しめないなんて、女じゃない」

ひどい言われようだが、腹が立たなかった。実際、男は通り過ぎる一方なのだから怒ってもしょうがない。

「でも、紐パンはいやだな。はき心地悪そう。お腹《なか》冷やしたくないし」

「何も商売女みたいなランジェリーにしろなんて、言ってないよ。いい歳して、なんにも知らない女だね。ローライズのボクサーショーツにしなさい。お尻に食い込まないし、ラインが外に出ないし、見た目も可愛いよ」

「ここにある？」

「うちには下着はない。通販でいいのがあるよ」

「教えてくれる？」

「仕方ない。乗りかかった船だ」くうちゃんは、ため息をついて見せた。

「とんだマイ・フェア・レディだ」

というわけで、この日以来、わたしの身につけるものはすべて、くうちゃん任せになった。着るものだけではない。バッグも靴も食器もインテリア小物も、果ては引っ越しするときの物件選びまで、くうちゃんはわたしのスタイリストというか、お買物コンサルタントになった。

おかげで「美和さん、最近おしゃれになりましたね。誰かいい人できたんですか」と、ドラッグストアのバイト娘に言われた。

「そんなんじゃないのよ」と、わたしはいい人の不在はぼかして、友達がスタイリストをしてくれていることを告げた。ついでに、彼の店も教えた。

早速チェックに行った彼女は、買ったばかりのショール風の羽織りものを披露して、興奮気味に言った。

「あの店長さん、ゲイでしょう」

「わかる?」

「わかりますよ。いいなあ。美和さん、ゲイと友達なんて、羨ましい」

「そう?」

「そうですよ。ゲイの友達って、女の子の憧《あこが》れですよ。センスいいし、男と女の両方の気持ちがわかるでしょう。だから、いろいろ相談できるし。それにゲイの人って、女を見る目が厳しいじゃないですか。だから、友達にしてもらえるっていうのは、いい女の証明になると思うんですよね」

「あー、まあ、そうね」

多くの女がゲイの友達を欲しがってるなんて、わたしは想像もしてなかった。だが、羨ましがられると、なんだか鼻が高い。

くうちゃんは、センスがいい。ということは、彼に全面的にお任せしているわたしも、人選びのセンスがいいということだ。そして、友達なのだから、いい女。

わたしはゲイ差別をしていた過去をころっと忘れて、すっかり気をよくした。

それからは堂々、何かというとくうちゃんとつるんで遊んだ。

映画を見たり、ライブに行ったり、温泉に行ったりして、それぞれの過去の思い出話を交換した。くうちゃんの彼氏ののろけ話を聞くことも多かった。

この五年の間に、くうちゃんには四人の彼氏が来ては去った。わたしは一人だ。くうちゃんは間を置かず彼氏を作るが、わたしはインターバルが長い。

口惜しい。

だが、相手が欲しいと思うとなりふり構わず攻めまくるくうちゃんと違って、わたしは「来る者は拒まず、去る者は追わず」の構えだから、数で差をつけられるのは仕方なかった。

それに、ゲイはすぐに相手を見つける。ストレートのカップルよりも愛への渇望が強く、自分たちが結ばれていることを身体で確認せずにはいられない、そんな切迫感がある。

世間に認められない少数派で日常的に抑圧されているものが、出口を見つけると大噴火するのだと思えば、いつかのおじさん同士のものすごいディープキスも、ある痛みを持って思い出せるようになった。

その一方で、ゲイバーだのハッテン場だの、自分たちの欲望やパーソナリティーを思いきり解放できるパラダイスがあることが羨ましくも思えた。それは、わたしにはとても難しいことだからだ。

わたしはストレートの女で、世間的な抑圧はない。三十五で未婚のプレッシャーなんて、ゲイや性同一性障害者の上にのしかかる無理解の壁に比べたら、ひと吹きで飛び去る埃《ほこり》みたいなものだ。だからこそ、世間となあなあで馴《な》れ合って作り上げた「常識的なお姉さん」の殻《から》が硬化して、第二の皮膚になってしまった。

くうちゃんは、そんなわたしの見せかけの皮をピリピリ引きはがしてくれる。

彼と話していて、わたしはいかに自分が男に対して身構えてきたかを思い知った。そこに男がいれば、好みに合おうが合うまいが、本能的に素《す》の自分を隠す。それが習慣になっている。おそらく、女はみんなそうだろう。

だが、相手が女に興味のないゲイだとわかれば、一気に楽になる。ゲイへの偏見があっさり好意に裏返った理由も、そのへんにあるのだろう。性的なプレッシャーがないというのは、ものすごく楽だ。

くうちゃんとの会話は、自分をむき出しにする作業だった。過去の男の思い出話をすると、くうちゃんはズバリと言った。

「あんたはケチンボなんだよ。利息のつかない愛情は預けられないんだ」

このたとえには、責められているのに、目から鱗《うろこ》が落ちる思いだった。

どんなに気に入ったおニイちゃんがいても、わたしを好きになってくれそうもなければ、涙を呑んであきらめた。積極的に好意をフル回転させるには、向こうもわたしを好きでなければいけない。わたしはいつも、彼の好意の量を計った。つまり、利息が保証されないと愛を預ける気になれなかったのだ。

だから、相手の気持ちが薄れ、利率がどんどん下がっていく様子が見えると、持ち出しになって損をする前に全額引き出してしまう。

ああ、よかった。これで自尊心の安全は守られた。平気な顔して、生き延びられる。そう自分に言い聞かせた。未練があるなんて、絶対に認めたくなかった。

そのかわり、女友達相手に無念を吐き出した。すると、彼女たちは決まって「わかるわ、その気持ち」とか「その男って最低ね」と、無条件でわたしを肯定してくれようとした。それは有り難いことのはずなのに、わたしはちっとも慰められなかった。そのときそのとき、体裁を保つための計算ばかりが先走る自分がいやだったからだ。

くうちゃんの断罪で、わたしはすっとした。素直に反省することができた。それは、たまった澱《おり》を浄化することでもあった。

くうちゃんと知り合って、ずいぶん得をした。そう思うわたしは、あるときコーちゃんの店で飲みながら、出会ったときのことを思い出して、しみじみ言った。

「あのときのわたしはゲイと友達になるなんて夢にも思ってなかったのに、不思議だな。馬が合っちゃったわけ？」

「というより、僕が情け深いんだよ。有り難く思え」と、くうちゃんは威張った。

「情け深いというより、人恋しいんだろ」

コーちゃんが訂正した。

「なついてくる野良犬は連れて帰って面倒見るのが、あんたのサガってこと。なつかれるのが嬉しいんだよ」

「わたしは野良犬か」

ふくれてみせたけれど、腑《ふ》に落ちた。

わたしはいくらなつかれても、野良犬を拾ったりしない。飼う面倒を考えたら、下手《へた》になつかれないよう、お腹をすかせてピーピー鳴いていようと見て見ぬふりをするだろう。

でも、くうちゃんは違う。

思えば、ゲイは苦手だったわたしがコロリと変わってすり寄ってくるのだ。それはくうちゃんにとって、異物扱いされてきた自分を肯定される喜びにつながったのだろう。

でも、そのくらいでは物足りなかった。友達ならば、もっとわたしの存在価値を高めたい。

今度はわたし自身が、高利回りのお得な金融商品になりたかった。

そして、とうとう、そうなれそうなチャンスが巡ってきた。わたしが知っている男に、くうちゃんが恋をしたのだ。

3

進学塾の講師をしている常呂川《ところがわ》さんは、身体が大きくてもっさりしている。わたしの第一印象は「すごく大きなぬいぐるみの熊《くま》さん」だった。

花粉症に悩んで、毎年相談に来る。それで仲良くなった。結婚しているし、歳は四十過ぎで、わたしのタイプではない。だから、邪心なく気楽に話しかけて、顔を合わせると雑談するようになった。

そして半年前、塾の定期健診で脂肪肝の気があるから注意するように言われたと、わたしに相談に来た。食生活の改善をアドバイスすると、妻と別居中でコンビニの弁当ばかりだと打ち明けた。常呂川さんの奥さんは更年期が早く来たのか、四十になった途端に鬱《うつ》状態に陥り、何もできなくなったので実家に帰っているという。

「俺といると息が詰まるって言うんだよ。ちゃんと妻の仕事をしなくちゃというプレッシャーがかかって、それが抑圧状態になっているのだから一度離れてみたいって。俺、医者にも諭《さと》された。それが奥さんのためだって言われたら、仕方ないだろ」

「それ、ショックねえ。常呂川さん、自分の存在、否定されたわけじゃない。つらいでしょう」

「でも、俺は彼女がいて、家のことやってくれるのが当たり前って思ってたからね。それがプレッシャーになってたと言われると、どうしようもないよ。家で暗い顔してるのを見てるのも重苦しいから、しばらく様子を見ようかなってことでね」

夫婦に子供はいない。常呂川さんは塾の生徒をときどき家に呼んだりしていたそうだ。奥さんも歓迎して、よく面倒を見てくれていたが、そういうことも重荷だったのかもしれない。

わたしは、コンビニ弁当でも野菜を多くとり、脂肪分を減らすよう、おかずの選別について細かく注意点を書いたメモを渡した。

そんな風に、いつのまにか常呂川さんの日常に関わるようになった。

そうしたら今度は、着るものについて相談された。ケーブルテレビで週に一度、受験生向けの講座を持つことになったのだそうだ。

塾ではいつもジャージだが、ケーブルとはいえテレビだから、もう少し身ぎれいにしてほしいと塾側から注文が来た。ところが、家にある服は全部適当に洗って干したものばかりで、ぐしゃぐしゃのヨレヨレだ。スーツといえば喪服しかない。いや、ちゃんとしたのがあったはずだが、探すのが面倒なのだそうだ。それに、ありふれたネクタイにスーツというのも公務員みたいで気が進まない。構わないようでいて、どう見られるかについては主張があるようだった。

「堅過ぎず、カジュアル過ぎず、感じいい服って、どこに行けば売ってるんだろ」

そこでわたしは、くうちゃんを紹介した。くうちゃんの店には、少しだがメンズがある。常呂川さんの希望に合うかどうかわからないが、くうちゃんのことだ。似合う格好をさせたくて、張り切るに違いない。そうすることで、フェイドアウト中の元彼とのことで沈みがちのくうちゃんに活を入れたくもあった。

加えて、本音を申せば、常呂川さんの要請に応じるのが面倒だった。ちょっと優しくしてやったら、どこまでも甘えてくる。こういう男（とくに中年）は、下手したらつけあがって、自分に気があると思い込む。そんなの、まっぴらだ。

最初は、それだけだった。まさか、くうちゃんが常呂川さんに一目惚れするなんて、思いもしなかった。今までの彼氏と、常呂川さんは全然タイプが違ったからだ。

わたしの依頼を受けて、常呂川さんの買物に一日付き合ったくうちゃんから、その夜早速電話での報告があった。お礼に食事をごちそうになったそうだ。くうちゃんは割り勘を主張したが、常呂川さんは聞かない。このままでは収まらないから、何かプレゼントしたいと、わたしは初めて、くうちゃんに相談を持ちかけられた。

だが、相談というのは口実だ。それは、すぐにわかった。くうちゃんの笑みを含んだ声がすべてを物語っていた。わたしと違って、嘘《うそ》のつけない人なのだ。

「だけど、なんで。くうちゃんの好みは瓜実顔《うりざねがお》の筋肉質でしょ。常呂川さんはまん丸、ぼってりじゃない」

「目？」

「目がいい」

わたしは脳の裏表を忙しくめくって、思い出してみた。

常呂川さんの目。やや垂れ気味の目尻に皺《しわ》を寄せて、いつも笑っている。

「あの目は優しい性格の表れ」

「優しいとは思うけど。でも」

わたしは、奥さんが鬱状態になって家を出たことを話した。

「そういうことに気付かないから優しくないってことはないよ。だって、奥さん、更年期だろ。亭主ってものは、自分が奥さんを追いつめてるなんて夢にも思ってないんだよ。だけど、彼はそう言われたら反省して、奥さんのいいようにしてやってるんだろ。優しいじゃないか」

　こりゃ、相当、キテる。大体、くうちゃんは母親タイプで面倒見たがりだ。ふと、女に生まれていたらよかったのにと思ったが、それは言ってはいけないことだ。

　くうちゃんの気持ちは走り出した。だが、常呂川さんは？

「常呂川さんは、くうちゃんがゲイだってわかったみたいだった？」

「ううん。鈍感な人だから。鈍感っていうのは、おおらかにも通じるんだけどね。単純に健康っていうかさ」

　ああ、惚れてしまえば、あばたもえくぼ。

「じゃあ、言わないほうがいい？」と訊くと、電話口で小さくため息をついた。

「言ったら、引くと思う。保守的だから」

「ゲイに偏見持ってる人でも、好きになれるの？」

「美和。ゲイはゲイしか愛さないわけじゃないよ。覚えときな。ゲイにモテる男は、女にもモテる。その逆も真。わかる？」

「ゲイにモテるのが、本当にいい男ってわけだ」

「そういうこと」

「だったら、相手がストレートだったら、すごく切ないね。可能性が全然ないんだもん」

「あんたが好きになった男がゲイだったら、そっちにだって可能性は全然ないことになるよ」

「あ、そうか」

「だけど、それは仮定の話だよね。今、そこにいる常呂川さんとは、ほんとに可能性が全然ない」

くうちゃんは、今度は大きなため息をついた。

「ストレートを好きになるなんて、もう長いことなかったことなのに。フェイドアウトの後遺症かな」

わたしは初めて、人の恋路を心配した。

可能性がないのなら、このままそっと離れたほうがいいのか。それとも、打ち明けられなくてもそばにいられれば、それでいいのか。

わたしはこういう場合、いつもさっさと逃げてきた。一方的に愛を捧《ささ》げるなんて、ケチンボのわたしにはできない。でも、くうちゃんは捧げて尽くして嫉妬《しっと》して、消耗する方向に突き進むロマンチストだ。

けれど今度の相手では、そもそも恋愛の形にならない。どうする気だろう。

一人で気をもむわたしをよそに、くうちゃんと常呂川さんはどんどん友達付き合いを深めていった。

テレビで着たカラーシャツとニットタイとブレザーが好評で、常呂川さんはすっかり気をよくした。そしてわたし同様、くうちゃんの指導で身だしなみを整えることに凝《こ》り始めたのだ。

髪型を変え、頰《ほお》と鼻の下にひげも蓄えるようになった。水泳に行くようになり、体型も少しだが引き締まってきた。ぎっくり腰になりかけていることを話したら、くうちゃんに早めに筋肉を鍛えて予防するよう勧められたからだそうだ。

それだけではなかった。くうちゃんはコンビニ食をやめさせ、オーガニックレストランや和食の定食屋に誘った。奥さんが不在で、一人でわびしくご飯を食べる生活に嫌気がさしていた常呂川さんは、喜んでくうちゃんの誘いに乗った。おかげで、脂肪肝の危機も乗り越えた。

食生活の改善と運動の習慣は常呂川さんの頰を適度にこけさせ、二重顎を解消した。そこに白髪混じりのひげが備わると、知的でエレガントな中年男の出来上がりである。

みんな、目を見張った。一緒に飲みに行ったとき、めったに人をほめないコーちゃんでさえ「いい男だねえ」と、とろけそうな目つきになった。なんにも感じないのは、おじさん嫌いのわたしくらいだった。

くうちゃんは着々と、自分好みに常呂川さんを変えていたのだ。その結果、常呂川さんはどんどん素敵になっていった。彼こそ、くうちゃんのマイ・フェア・レディだった。ヒギンズ教授はイライザと結ばれたけれど、くうちゃんはそうはいかない。このままでいいのだろうか。

欲望を刺激する人が、そんなこととはまるで気付かず、無邪気な好意を寄せてくる。好きだが、手を出すわけにはいかない。本当の自分をさらすわけにはいかない。

これでは、蛇の生殺しではないか。好きな相手に対して本当の気持ちを隠し続ける窮屈さ、惨《みじ》めさに関しては、わたしはオーソリティだ。行く末を、身を以《もっ》て知っている。

こんな恋なら、しなけりゃよかった。そう思って、自己嫌悪に沈むのだ。そしてますます性格がねじくれて、フェロモンが出なくなる。縁遠くなって、孤独を持て余す。

4

ついにくうちゃんは、常呂川さんの家に行きたいと言い出した。

「家の中がぐちゃぐちゃらしいんだよ。で、美和と二人で片付け隊結成するって言っちゃった」と、電話をかけてきた。

「わたしも？」

「うん。ごめん、勝手に。でも、二人きりになるの、なんか怖くてさ。今、僕、ブレーキ甘くなってるから」

「わたしがブレーキ役か」

「ガス抜き役かも」

「ねえ、こういうこと、ない？　案外、常呂川さんもその気があって、口説いてみたら目覚めてしまうとか」

「その気があったら、とっくに目覚めてるよ。それで、すごく苦しむから、あんなにつるっとした顔してない」

「そういうものなの……」

「あの、つるっとした顔が好きなんだけどね」

くうちゃんはでれっと笑った。わたしは片付け隊になるのを承知した。

そして、日曜日の昼下がり、常呂川さんのマンションに出掛けた。

そこはまるで、竜巻が通り抜けたあとのようだった。

まず、玄関口からして靴が散乱している。廊下はまんべんなく降り注いだ埃のせいで白光りしている。リビングにもベッドルームにも脱ぎ捨てた服や読みかけの新聞雑誌が置きっ放しになっており、キッチンはゴミ置き場と化していた。

ゴミは感心に分別してあったが、大まかに分けた袋の口からこぼれかけている。ガスレンジは油汚れでベタベタ。水切り籠《かご》には食器がやたらと積み上げられ、カレーが入っている鍋はお玉を突っ込んだ上から蓋《ふた》をしてある。鍋の縁にはカレーがべっとりついていた。

わたしとくうちゃんは「わー」とか「きゃー」とか、派手に非難の叫び声をあげつつ、陽気に片付けていった。常呂川さんは終始ニコニコ顔で、わたしやくうちゃんの命令に従って、ソファを動かしたり、一杯になったゴミ袋をマンションのゴミ捨て場に運んだり、バケツの水を取り替えたりの力仕事をした。

三時間かけて、ようやくすっきりした。

「なんか、きれいになったら落ち着かないなあ」

常呂川さんは笑いながら言った。そして、お礼にわたしたちに夕食をおごると言った。

「冷蔵庫の中で死にかけてる野菜があるから、よかったら僕がシチュー作るけど」

くうちゃんが言った。最初から、そのつもりだったのだろう。

「いつも外食はよくないですよ、常呂川さん。せっかくだから、いただきましょう。くうちゃん、料理うまいから」

常呂川さんは数秒ためらったが「じゃ、そうしてもらおうかな」と受けた。

くうちゃんは張り切って冷蔵庫を点検し、足りないものを書き出した。わたしが買い出し役を申し出ると、常呂川さんが「この際、ワインも欲しいから、俺が荷物持ちになる」と言い、下ごしらえを始めたくうちゃんを残して、二人で外に出た。

スーパーまで歩く道すがら、常呂川さんがぽつりと言った。

「いい人だね、彼」

「でしょう」

わたしは力を込めて、同意というより自慢した。

「それはいいんだけど、あの人、もしかしたら、こっちじゃない？」

常呂川さんはそっと、右手を口に寄せるオカマのポーズを作った。わたしはいやな気持ちになった。自分がそうだったから、わかる。言葉に出さず仕草で示す、こういうやり方は根拠のない優越感がさせる。

「くうちゃんは、ゲイですけど」

悪いですか。そのニュアンスで、わたしは咎める目を常呂川さんに向けた。常呂川さんは、決まり悪そうにまばたきした。

そうか。悪意はないんだ。鈍感なだけだ。単純に健康な、つるっとした人なんだ。普通の男なんだ。普通の男だから、ゲイに惚れられて困っている。鈍感な常呂川さんにもわかるくらいに、くうちゃんの思いはこぼれてきているのだ。

「俺は、そういうの、ダメだから。普通の友達付き合いならいいけど、でも、彼はそれ以上の気持ちなんでしょう。つまり」

常呂川さんは説明に窮して、小さくため息をついた。そして、よそを向いて、小声で言った。

「美和さんから、それとなく言ってくれないかな。もう、俺には構わないでほしいって」

「くうちゃん、常呂川さんを口説くつもりないですよ。好きは好きだけど、常呂川さんがそうじゃないの、わかってるもの。だから、今まで通り、何も知らない顔して、服を選んでもらったりすればいいじゃないですか。それか、気持ちには応《こた》えられないけど、友達としてやっていくことにすれば。そういう人、いますよ。ゲイはゲイとだけ付き合ってるわけじゃないんだから」

わたしはくうちゃんからの受け売りを混ぜて、訴えた。常呂川さんが大股《おおまた》で歩くものだから、わたしはほとんど小走りだ。

「今の今まで仲良くしてて、ゲイだとわかったら逃げるなんて、男らしくないですよ。常呂川さん、見損なったわ」

健康になって、カッコよくもなったのは誰のおかげだと思ってるの。さすがにそこまでは言わなかったが、言いたい気持ちを精一杯込めて、彼を責めた。

「悪いとは思ってますよ」

常呂川さんは立ち止まって、弱々しく斜めにわたしを見た。

「自分がこんな偏見の持ち主だなんて、恥ずかしいと思う。子供に教える立場なのに。だけど、俺を見る彼の目が——怖いんだ。俺は女房に帰ってきてほしいと思ってるし。もし、あいう人と付き合ってることを彼女が知ったら」

「鬱が治るかもしれないわ」

怒りで一杯のわたしは、身も蓋もない意地悪を言った。常呂川さんは、さすがに鼻白んだ。

「ごめんなさい。つい、カッとして」

謝ると、常呂川さんも目を伏せて「いや」と首を振った。

「わかりました。わたしから言います。そのかわり、今夜の夕食は楽しくやりましょう。こんな話、しなかったような顔しましょう」

「そうだね」

彼はほっとしたように、柔らかな声で同意した。

シチューはおいしかった。常呂川さんがお詫《わ》びの気持ちからか奮発した高いワインも、おいしかった。わたしと常呂川さんが競争するようにもりもり食べるものだから、くうちゃんは嬉しそうだった。

食後のコーヒーを飲みながら、わたしたちは部屋の汚れっぷりをあげつらって、おおいに笑った。わたしも常呂川さんも、なかなかの役者だった。

帰りは、くうちゃんと二人でブラブラ歩いた。そこまで送ると常呂川さんは言ったが、くうちゃんが断ったのだ。

タクシーをつかまえようと言いながら、わたしたちはただ歩いた。タクシーは何台も横を通り過ぎたが、くうちゃんが立ち止まらないので拾うタイミングがつかめない。

「あの人、気づいたんだろ」

くうちゃんが、ズバリと言った。

「うん」わたしは頷き、そのままうつむいた。

「映画見に行ってね。隣の席で肩が触れたから、僕、つい、ちょっと寄りかかっちゃってさ。トコちゃんてば、肩が強張ってたよ」

くうちゃんは笑いながら言った。

「トコちゃんて、呼んでたの？」

「心の中でね」

わたしは横から、くうちゃんの表情をうかがった。泣いているかと思ったが、夜空を見上げて微笑んでいる。

「また、失恋か。ま、最初から失恋なんだけどね。覚悟の上の失恋」

「大丈夫？」

「大丈夫だよ」くうちゃんはわたしを振り返り、からっと答えた。

「スッタモンダあってのことじゃないもの。愛されないのはわかってた。あったはずの愛が消えたのとは、わけが違う」

わたしは立ち止まった。そして、大きく息をついた。

「あー、よかったあ。わたし、ダメだってくうちゃんに言ってくれって頼まれてたのよ。だけど、どう言えばいいかわからなくて。うー、助かった。肩の荷、おりた」

「僕はあんたらみたいに鈍感じゃないもん。美和が買物に行くって言ったら、常呂川さんがとってつけたように自分も行くって言い出して、二人で出掛けて戻ってきたときの顔見たら、何話し合ってたか、全部わかったよ」

「あー、さすがは読みの深いゲイ」

「あんたら、芝居が下手なんだよ」

わたしはくうちゃんと一緒に笑えて、ほんとにホッとした。気分がよくなったので、コーちゃんのバーに行くことにした。いつのまにか、二人で腕を組んでいた。

「こうしてると、カップルに見えるかな」

「やだねえ。仲間に見られたくないね。よりによって女と腕組むなんて、あいつもとうとうそこまで堕《お》ちたかって笑われちゃう」

「よーし。悪い噂《うわさ》を立ててやる」

わたしはくうちゃんの腕にすがりつき、頭を彼の肩にのせた。すると、くうちゃんの頭がわたしの髪の上にのった。わたしたちは双子の子供みたいに、額を寄せ合った。

「こんなにくっついてるのにセクシーな気持ちにならないなんて、不思議」

「だって、僕が全然感じてないもん。魚心あれば水心。僕たちはその逆で、魚心がないから、水心もないの」

「くうちゃん、ほんとにゲイなんだね」

「あら、隠れストレートに見えた？」

「わたしが男だったら、お互い、ラッキーだったのに」

「やだね。あんた、タイプじゃないもん」

「そう言えば、くうちゃんもわたしのタイプと違う」

「だから、これでいいんだよ」

「うーん。嬉しいような、哀《かな》しいような」

笑いながら歩き続けたが、くうちゃんがふと言った。

「トコちゃんは、美和に気があったんだよ」

わたしはくうちゃんにもたれたまま、わざとらしくため息をついた。

「わたしって、罪作り」

「あんたが彼の魚心に反応してたら、出来上がってたね」

わたしはちょっとその可能性を考えてみたが、やっぱりダメだ。タイプじゃない。くうちゃんにノーを直接言えず、わたしに言わせようとしたのだから、なおさらだ。常呂川の弱虫め。

「女房に帰ってきてほしいって、わたしには言ったよ」

「そりゃそうだろうけど、女房はいないんだからさ。独り寝が寂しいから、もし、美和がその気になってくれたら、あわよくば。そういう気持ちはあったよ。単純に健康な、普通の男だからね」

「穴埋めかよ、失礼しちゃう」

わたしは憤慨した。

「いいじゃないか、穴埋めでもなんでも、彼氏がいないよりは。あんた、このままだと、あそこに苔《こけ》が生えるよ」

「やだね。わたしと決めて、本気で一番愛してくれるんじゃなきゃ、千代に八千代にさざれ石の巌《いわお》となりて苔むすほうを選ぶ」

「ケチンボ」

そうだ。わたしはケチンボだ。人間はそう簡単に改善しない。

くうちゃんとの間にある友情という名の愛情はわたしにとって新しい経験だが、彼に差し出す信頼や思いやりはしっかり利息つきでわたしの懐に還元される。この頃のわたしは、それで半分満たされている。

そんなわたしに、くうちゃんは「ダメだよ、恋愛しなくちゃ。愛情を出し惜しみしてたら、自己愛だけですっからかんになるだけだよ。あるだけ使いきれ。そうしたら、自分でも気付いてなかったタンス預金が出てくるんだから。そういうもんだよ。思い切り出せば、ちょこっとでも利息が入るしさ。ケチはダメ。ケチは、モテない。ゲイにもストレートにも」と、大盤振る舞いを奨励《しょうれい》するのである。

サンクス・フォー・ザ・メモリー

1

「アッ」と、おとーさんが言った。

アッちゃんと呼ばれたのだと思って、亜希《あき》はバームクーヘンをモグモグしながら「ういーっす」と返事をした。

おとーさんは天気のいい日の昼下がり、いつもそうするように南向きの縁側に置いた車《くるま》椅子《いす》で日向《ひなた》ぼっこをしていた。亜希はすぐ横の居間でテレビを見ていた。

川島《かわしま》家はおとーさんが昭和五十年代に買った庭付き建て売り住宅で、二階建てのほとんどが和室だった。二年前、長男の修平《しゅうへい》が亜希と結婚したのを機に新築しようとした途端、おとーさんが脳梗塞《のうこうそく》で半身不随になった。新築の頭金として用意した金は、車椅子で移動できるよう一階の床を全部フローリングにし、トイレと風呂場を介助しやすい手すり付きの広いものに作り替えたら、あらかたなくなった。

その結果、フローリングの床の真ん中にすり切れた炬燵《こたつ》敷きを置き、そこにちゃぶ台と座布団を並べるという、おままごとのような暮らし方を余儀なくされた。

床にべたりと尻を落ち着けると、自堕落《じだらく》になりやすい。亜希はちゃぶ台に肘《ひじ》をつき、おとーさんに背を向ける姿勢でおやつを食べながらテレビにかじりついていた。おまけに、呼ばれて返事こそしたものの、すぐには立たなかった。

人気を博した韓国ドラマの再放送をやっていて、ちょうどひと目惚れした二人が初キスをしようとしている場面だった。リアルタイムで見たから台詞《せりふ》まで覚えているのだが、こういうものは見逃せない。唇がくっつく瞬間を息をつめて見つめていると、ドタッと音がした。

おとーさんが車椅子から転げ落ち、廊下に横たわってもがいている。

亜希は泡を食ってとびつき、助け起こした。おとーさんは亜希にしがみついて目を見開き、口をパクパクさせた。

「おとーさん、しっかり。今、救急車呼ぶから」

電話をかけるために離れようとしたら、おとーさんがまた「アッ」と言った。アッちゃんの「アッ」。聞き慣れたアクセントだ。亜希は夢中で「大丈夫だから。そばにいるから」と叫んだが、怖いものを見たように丸くなっていたおとーさんの目がふと和《なご》んだ気がして、声を失った。

おとーさん、笑った？

亜希の腕をつかんでいた枯れ木のような手が、パタンと下に落ちた。

「やだ、おとーさん、待って、待って」

亜希はおとーさんを引きずって電話のところまで行こうとしたが、重くてどうにもならない。ポータブルトイレに座るのを介助するときは一人でやれるのに。あれは、半分とはいえ残った力でおとーさんが自立していたからだったのか。

仕方なく、おとーさんを床に転がして電話に走り、救急車を呼んだ。電話ごしに人工呼吸の方法を指示され、おとーさんの胸のあたりを押したが、ちゃんとやれたとは思えない。

ヘルパーの立原《たちはら》さんは夕食の買物に出ており、修平は会社だ。二人に連絡できたのは、救急車に乗り込んだときだった。救急隊員が心電図のモニターを見せ、心臓が止まっていることを教えた。

「おとーさん、息してない」

修平には、そう伝えた。修平は驚いた様子もなく、平板な声で「そうか。すぐ行く」とだけ答えた。

立原さんにも「息が止まった」と知らせた。死んだという言葉が使えなかった。

病院に着いてからあとのことは、よく覚えていない。ドラマでやるように、ストレッチャーに載ったおとーさんを励ましながら一緒に走るのかと思っていたが、到着後すぐに待合室に置き去りにされた。

救急患者搬送口の待合室には他に人がいない。ぽつんと待っていると、青ざめた修平が来た。立原さんは家で待機しているという。それから医者が来て、今救命の努力をしているからもうしばらくお待ちくださいと言った。でも、助かるような気はしなかった。おとーさんは動けなくなったのを悲しんでいた。だから、死んだほうがいいんだ。そう口に出して、修平に睨まれたことだけ、印象に残っている。

三十分くらいして、死亡確認をしに来てくれと呼ばれた。狭い手術台のようなベッドの上で、毛布を掛けられ、人工呼吸の管を口に入れられたおとーさんが薄目を開けていた。

亜希は手を伸ばして、頰を触ってみた。死んだ人はうんと冷たいと思っていたが、死にたてホヤホヤのせいかひんやりしているくらいで、ツルリとした陶器のような感触を「きれいだ」と感じた。生きているときのおとーさんの頰は、すぐ伸びてくる髯《ひげ》でブツブツしていた。饐《す》えたような老人臭も消えていた。

「おとーさん」

亜希は声をかけた。倒れたときから急にやつれ、やせこけた白髪頭の爺《じい》さんになったことを嘆いてたけど、死んだら老いの成分がどんどん抜けていくみたいだよ。よく自慢してた、女泣かせの渋い中年に戻ってあの世に行くんだね。心の中で、そう続けた。

修平は一歩下がって、厳しい表情で父親の顔を見つめるばかりで、声をかけることも身体に触れることもしなかった。

死亡確認がすむと、すぐに葬儀屋を呼んでくれと言われた。修平は親戚《しんせき》の誰かに問い合わせて、教えられた業者に連絡した。その間に亜希が携帯で自分の両親をはじめ、あちこちの親戚や知り合いに訃報《ふほう》を知らせた。

やがてやってきた黒服の葬儀屋の車に乗って家に戻り、次々にかかってくる電話に応対しているうちに、おとーさんは居間に北枕《きたまくら》で寝かされ、坊さんが来て枕経《まくらぎよう》をあげた。

亜希をさしおいて立原さんが修平の横に控え、お茶を出したりお布施《ふせ》を渡したりしている。お棺《かん》や霊柩車《れいきゆうしや》の等級など葬儀屋との打ち合わせになると、修平は立原さんの判断に任せてしまった。もっとも、こういうことは慣れている人に決めてもらうほうが楽だ。亜希も横からパンフレットをのぞき込んでみたが、選択の幅が狭く、しかも考える時間がないから、どうしますかと言われても迷うばかりだ。

どれもこれも高いなと思ったが、今からいろんな業者に見積もりを出させて比べるわけにいかない。

通夜は今夜、葬儀は明日と、もう決まっている。時間なさ過ぎ。忙し過ぎ。さっき死んだばっかりなのに。

なぜか妙に張り切る立原さんに「若奥さんは動転してらっしゃるでしょうから、休んでらして」と勝手に気遣われて、亜希はひたすらぼーっとおとーさんのそばに座り込んだ。おとーさんの死に顔は、苦しそうだった普段の寝顔より穏やかで、微笑んでいるようにさえ見えた。もったいないので、顔を覆っている布をはずして、ときどき話しかけた。

でも、それもつかの間。立原さんに促《うなが》され、二階に上がって喪服を探している間にどやどやとやってきた葬儀屋の手で、あれよあれよという間におとーさんはお棺に入れられ、居間に祭壇、玄関に鯨《くじら》幕と提灯《ちょうちん》、そして受付が作られた。

見慣れた家が、舞台が回ったように弔《とむら》いの場に変身だ。葬儀屋は仕事が速い！

それだけではない。玄関に忌中《きちゅう》の貼《は》り紙がされるやいなや、家に人が溢れた。修平が勤めるローカル新聞社文化部の人が続々とやってきて、裏方として働くべく打ち合わせをしている。近くにいる親戚や、おとーさんの友人もどんどん喪服でやってくる。亜希の母親も来た。

知らせてから半日も経ってないのに、みんな、すぐに喪服姿になれるのね。

亜希は、フォーマルウエアのバーゲン会場から抜け出てきたみたいにバッグからネックレスまできちんと型通りの人の群れに驚くばかりだ。亜希なんか、黒のワンピースを見つけだすのに、クローゼットや押入タンスの中味をひっくり返したのだ。

一昨年、母方のおじいちゃんが死んだとき大あわてで買ったもので、クリーニングの袋に入ったまま、クローゼットの隅で紙袋の下敷きになっていたのに皺《しわ》だらけになってないのはそういう素材だからか。アイロンをかけずにすんだのは助かったが、デザインが今イチで着ていて嬉しくない。葬式だから嬉しくなってはいけないのだろうが、黒一色なんだもの、胸元に小さなイチゴのブローチをつけたら可愛いんじゃないかと思いつくと、やってみたくてうずうずした。

おとーさんが死んだというのに、全然ピンと来ない。通夜と葬儀の式次第を、葬儀屋に説明された。パンフレットも渡された。めちゃめちゃ忙しい。はずなのに、亜希は時間を持て余した。

おかーさんは亜希が嫁にくる前に死んでいる。喪主は修平だ。喪主の妻は、別にすることがない。次々にやってくる弔問客の案内やお茶出しは、会社の人がやってくれる。亜希の母親も、まめまめしく働いているようだ。亜希の様子を心配することもなく、座布団を出したり、電話に出たり、会うのは結婚式以来の川島側の親戚に挨拶《あいさつ》したりしている。

川島側の親戚たちは、修平に「七十になったばかりじゃないか。まだまだ若いのに」「リハビリ、頑張ってたのに」「残念ねえ」「寂しくなるねえ」と沈痛な面持ちで言い、横に座っている亜希についでのように「あなたも大変だったわね」と声をかけると、あとはひとかたまりになってそれぞれの近況報告に夢中だ。しめやかだった声音が、次第に活気を帯びていく。笑い声さえ聞こえる。

その中で修平だけが、し–んと静かに座っていた。そんなにおと–さんのこと、好きだったとは思えないのに。

一緒に住んでいたのに、父と息子はろくに話をしなかった。おと–さんはろれつがうまく回らないが、それでも話はできる。亜希とは二人きりの時間が長いせいか、よくしゃべった。

修平もリハビリ施設に車で連れていったり、車椅子を押して公園に散歩に行ったりはしたけれど、必ず亜希か立原さんが一緒だった。一人で介助をする自信がなさそうだった。家にいるときはトイレや着替えの介助をしたが、そんなときは決まってあとで落ち込んだ。

こうなって、ほっとしてない？

顔色を読もうとしても、修平は無表情だ。亜希は所在なく彼の傍らにちんまり座り、公園の芝生《しばふ》に寝転んで空を眺めたいと思った。おと–さんが死んだ今日はとてもいい天気で、初夏らしく六時をまわってもまだ明るい陽光が縁側のガラス戸に垂らした白幕を照らしていた。

どのくらい時間が経っただろう。いきなり、玄関近くのざわめきが盛り上がった。

「仁美《ひとみ》さん」

誰かがそう名前を呼んだ。

来たか。亜希は身構えた。修平がさっと立ち、迎えに行こうとした。が、それより早く、背後にどさっと大きな音がした。居間の入口にルイ・ヴィトンの旅行用ボストンが投げ出されたのだ。

仁美は横に立っている修平にも、座っている亜希にも目もくれず、さーっとお棺に駆け寄って取りすがるとわっと泣き出した。

「お父さん！　どうして、どうして待っててくれなかったの」

いっぺんにみんなが沈黙した。中にはもらい泣きをしている女もいる。

グレーのスーツの背中を向けているのに、激しく泣くさまは孔雀《くじゃく》が羽根を広げたように華やかだ。茶色のショートヘアはスプレーでがっちり固めてあるのか、肩を震わせて号泣しているのにハラリとも乱れない。四十女が手放しで嘆くさまは、どうにも芝居じみている。

この女は、することが派手なんだよ。

亜希は心底、うんざりした。

そうか。おとーさんの葬儀ということは、この憎たらしい小姑《こじゅうとめ》、義姉の仁美と当分鼻をつき合わせる運命を意味する。

おとーさんの死を悲しむ気持ちは、不思議と湧《わ》いてこない。亜希にとって最悪なのは、仁美がここにいることだった。

「どうして、こんなことになったの」

果たして仁美は、涙でふくらんだように見える目で亜希を睨んだ。

「どうしてって、いきなりばたっと倒れて」

「だって、危ない兆候はなかったんでしょう。リハビリも進んでて。つい一昨日、電話で話したばかりよ。元気だったわよ」

まるで、亜希に責任があるような言いようだ。

「姉さん、血栓がいつ脳のどこに飛んでいくかの予測はできないんだよ。運命なんだ」

修平が間に入った。

「そうね」

仁美はすぐに頷き、わざとらしくハンカチで目元を拭《ぬぐ》うと、微笑んだ。

「亜希さんにはお世話になったわね」

はっきりした声で、そう言った。そして、後方で様子を見物していた親戚の群れに突入し
「伯父さん、お元気。ご無沙汰《ぶさた》ばっかりで」「叔母さん。お父さん、亡くなった叔父さんのところに行っちゃったわ」「まあ、喜美《きみ》ちゃん、大きくなって」

まるで紙吹雪を振りまくようなおおげさな身振り口振りで、満遍《まんべん》なく挨拶してまわった。

さすがは政治家。冠婚葬祭はステージだ。いつか修平が姉に関して言ったことを思い出し、亜希は鼻白んだ。

2

仁美は嫁ぎ先の街の市会議員である。五年前、住んでいる地域に予定されていた産廃工場建設計画見直し運動にかかわったことから、女性グループに担ぎ出され、初出馬で当選した。今は連続当選の二期目で議員ぶりが板につき、その地方では数少ない女性議員として、ローカルメディアに数々露出するわ、政治経済がらみのシンポジウムだパーティーだというと軒並み出席して一席ぶつわで、わりに顔が売れている。

政治家なんかになりたがる女は、ものすごい出たがりに違いない。ヒラリー・クリントンだって、そうだ。「わたしをごらん」みたいな鼻高々なところがある。

仁美のそばにいると、亜希はその重量級の存在感に圧倒されて、逃げ出したくなる。

感情の起伏が激しく、しかも自意識が強い。市会議員さまでおえらいから、弟の修平はもちろん、父親であるおとーさんまで仁美には頭が上がらないようだった。

仁美は昔から成績はそこそこながらハキハキした性格なので、中学でも高校でも生徒会長をやっていた。修平に聞いた話だが、おかーさんはおとーさんに文句があると、仁美に言ってもらったそうだ。働き盛りの頃のおとーさんはわりにワンマンで、家族との付き合いが悪かった。それでも出来のいい娘に意見されると、なんだか嬉しそうに従ったのだそうだ。そんな風だから、川島家ではいつのまにか、何をするにも「お姉ちゃんに聞いてから」が合言葉になった。おとーさんが薬品会社を定年退職したあと、第二の人生として友達がやっている小さな会社を手伝うかどうか、修平が大学院に進んで社会学者の道を進むか地元の新聞社に就職するか、最後に決めたのは仁美だった。

仁美の決定は、今さら人に頭を下げるサラリーマン生活を続けることはないとか、勉強はいつでもできるが就職のチャンスは今しかないとか、保守的かつ常識的なものだったが、二人は従った。その結果、おとーさんが手伝うのをやめた友達の会社は不渡りを出し、修平は新聞記者の仕事を楽しんだから、仁美の家族内影響力は決定的になった。

修平と亜希が知り合ったのは特集記事の取材がきっかけだから、遡《さかのぼ》っていけば二人を結びつけたのは仁美だといえなくもない。

フリーターの職業意識を調査分析するという企画で、亜希は友達の紹介で取材に応じた。修平は、やってみたい仕事がありすぎて決められず、やむなくフリーターとしていろいろ経験しているという亜希を面白がった。亜希がやりたいとあげた仕事は、看護師、旅館の女将《おかみ》、ペンキ屋、大工、芝居の裏方、乗馬クラブの従業員などだった。取材を受けたときやっていたのは、オフィス街のランチタイムに自転車で走り回る弁当屋のデリバリーガールだった。

亜希は手応《てごた》えがあって、お客さんにじかに「ありがとう」と言ってもらえる仕事をしたいと思っていた。そう言って、惚れられた。そして、十九で知り合った修平に二十歳でプロポーズされ、主婦になった。

修平は十三年上だった。亜希は新聞記者みたいな難しい仕事をしている頭のいい男が、自分なんかを「面白い」と言うのに驚き、得意になった。自分にもわかってない良さを見つけてもらった気がした。自分のことを面白いと言ってくれる人と一緒にいたら、もっと面白くて魅力的な人間になれるのではないか。そう思うと、プロポーズを断るなんてもったいなくて、できなかった。

二十歳そこそこで結婚する人は大勢いる。ダメだったら別れりゃいいんだ。そのくらいの気持ちだった。

亜希の両親は、新聞記者で姉は市会議員というちょっとしたエリートが、フリーターでパッパラパーの娘をくれというのだから、ひたすら恐れ入った。こんなのでよければどうぞどうぞ、みたいな感じで、よろしくお願いいたしますとまともに頭を下げることさえ忘れたくらいだった。

問題は川島家のほうだった。おとーさんは定年退職して家でブラブラするようになってからは、息子のすることに口出ししなくなっていた。仁美はさすがに「そんな子供と結婚して、大丈夫なのか。少しは世間体も考えろ」と、いかにもな意見で反対したが、修平が初めて「この歳まで出会えなかった人と、ようやく出会えたんだ。お姉ちゃんがどうしても反対するならあきらめるけど、しこりは残ると思う」と脅《おど》しのような口答えをした。

家族との不仲はスキャンダルの素《もと》だ。と思ったかどうか、仁美は「あんたも大人なんだから、あんたがいいんならいいわよ」と承諾した。

両家の家族がレストランで顔合わせしたとき、仁美は誰よりも機嫌良く振る舞い、亜希を大歓迎するようなことを言った。

「これからは女の時代よ。男は役に立たないからね。亜希さん、何かあったらわたしに相談してね。力を合わせてやっていきましょうね」と力一杯口角をあげて微笑み、亜希の両親を感激させた。

でも、亜希は直感で、気を許せない女だと警戒した。高校のときの担任が、こんな感じだった。スプレーで固めたような笑顔で「なんでも相談してね」と言い、心中を打ち明けると「わかるわ。よーく、わかるわよ」と頷くのだが、必ず「でもね」と言う。

そのあとは「ルールは守れ」「人の迷惑にならないように」「他人の身になって考えてみろ」という、ありきたりの説教が出てくるだけだ。そして陰で、この子は考え方に問題あり、協調性なしなんて内申書に書くのだ。

あの日、前菜からワインまで何を注文するかを決めたのは仁美だ。あとで聞いたら、会食の日取りも場所も仁美の都合に合わせたものだった。

まあ、いいや。亜希は修平と結婚したのであって、仁美はすでに新幹線で二時間も離れた街の池田家に嫁いでいる。そのうえ市会議員だから忙しくて、めったに実家に戻ってこない。

そのかわり、たまに戻ってくると女王さまだ。

実家にいる間中、家族がどこで何を食べるか、すべては仁美が決定した。それだけではない。人使いが荒い。何か思いついたら「こうしなさい」と、命令がすぐに口をつく。

使われる人は当然、亜希である。自治体の動向を一身に与《あず》かっているからには、さぞかし考えることが山積みで頭の中が忙しいのだろう。思い浮かぶ事柄の動きがめまぐるしく、さっきそばが食べたいと言っていたかと思うと、次の瞬間にはステーキがよくなる。どのステーキハウスに行くか考えていると、ガラス戸の桟《さん》に埃《ほこり》が積もっているのが目に入る。

「ちょっと、これは何。掃除しなさいよ。掃除機じゃなく、雑巾《ぞうきん》で。何よ、その真っ黒なダスターは。この家には、雑巾とバケツというものがないの？」

あることはあるけど。渋々探しに行こうとすると「あ、今、思い出した。さっき、トイレに行ったとき、水がずーっと流れ続けてるみたいだったのよ。タンクがどうかしてるんじゃないの。水道屋に点検してもらいなさいよ」

じゃあ電話しなきゃと、出入り業者の電話メモを繰っていると「今夜は疲れたから、家で食べたいな。ホットプレートあったわよね。あれで、家で焼肉にしましょう」。

しましょうって、用意するのはわたしでしょう。口の中で文句を垂れながら、水道屋を呼ぶべく電話をとれば「あ、いけない。今日中に振り込みしなきゃいけない支払いがあったんだ。亜希さん、悪いけど、ひとっ走り郵便局まで行ってくれない？」

「どれから先にやればいいんですか」

口がとんがる。本当は、ひとつくらい自分でやれよなと言いたい。だが、仁美はどんなときも譲らないのだ。

「郵便局に行きながら、携帯で水道屋に電話して、帰りに買物すればいいでしょう。桟の掃除は明日。大体、毎日やってれば、こんなこと言われずにすむのよ。あなたも一家の主婦なんだから、小学生みたいにふくれないでよ、みっともない」

キンキン声で叱《しか》る。人に用事を頼むのにその言い方はないだろうとムカムカするが、反抗できないのだ。議会で言い合いに慣れているせいか、主張を押し通すときの圧力は半端じゃない。声は大きく、顔つきは怖く、まるで魔女だ。よくこんなヒステリックで自己中心の女と結婚する男がいるものだと思うが、結婚式のとき会った池田達夫《たつお》は物知りが自慢の判子屋《はんこや》で、妻が大物になりつつあることがけっこう気に入っているようだった。まったく、人というのはいろいろだ。

仕方なく、言われた通りに外に出て仁美のご用を足していると携帯が鳴り「お酒も買ってきて」と、追加注文が飛んでくる。

飲み助なので酒は欠かせないのだが、流行に弱く、やれ大吟醸だ南米のワインだと騒いでいたかと思うと、今は焼酎《しょうちゅう》よというのがしばらく続く。かと思うと国産ウイスキー工場の視察に行くとたちまちかぶれて、大人はウイスキーよねと言い出すので、せっかく用意しておいた焼酎が無駄になる。修平も亜希も発泡酒しか飲まないのだが、じゃあ、わたしもそれでいいわとは言わない。飲むのなら、ちゃんとしたビールじゃないといやなのだそうだ。結局、来るたびにそのときのマイブームを聞いて、買いに走る羽目になる。

あれが食べたい。これが欲しい。あそこはこうすべきだ。ここは、こうしなさい。議員さまがそうおっしゃるからには、お言葉通りにしなければならない。修平は姉の呪縛《じゅばく》にがんじがらめだ。亜希がふくれると「たまのことだから、いいじゃないか。気のすむようにしてやってくれよ」と、怒った顔で言う。

妻が家族に尽くすか否かは、男のメンツに関わるらしい。

でも、世のため人のため、弱者に優しい社会の実現を、なんてきれいなことを言っておきながら、実の娘のくせにおとーさんの世話は嫁の亜希に任せっぱなし。入浴介助も下《しも》の世話も、一度もしたことがないのだ。家にいるときにおとーさんがトイレに行きたがると、「亜希さーん、お父さんがトイレですって」とくる。そんなときだけ「お父さんは、亜希さんのほうが可愛いみたいね」なんて、わざとらしい猫なで声ですねてみせるのが憎たらしい。ヘルパーの立原さんを雇って給料を出しているのは仁美だけど、週休二日だし、夕方から夜は亜希が面倒見てるんだぞ。おとーさんがお腹《なか》こわしたときなんか、パンツからシーツまで深夜から明け方にかけて二回も洗濯機まわして、一睡もできなかったんだから。

それなのに、仁美が亜希の労をねぎらったのは、おとーさんの遺体の前。親戚一同うち揃ったところでのひと言が最初で、多分最後だ。

心から言ったんじゃない。パフォーマンスだ。その証拠に、坊さんの読経《どきよう》がすんで通夜が一段落したら亜希はすぐさまご指名で働かされた。

「亜希さん、こちらの靴を探してあげて」

「亜希さん、伯母さんをトイレに連れてってあげて。足元がおぼつかないから、しっかり支えてね。いいのよ、伯母さん。この人、お父さんの介助で慣れてるから」

いいのよって、おまえが言うな！

グッとこらえて、言われた通りに動く。それでなくても、お通夜の席だ。喪主の妻がブチ切れるわけにはいかない。すきあらば使えないバカ妻ぶりを笑おうと、みんなが冷ややかに自分を観察していることを亜希は意識している。

おとーさん。半身不随のおとーさんの世話のほうが楽だったよお。

亜希はお棺に納まったおとーさんに泣き言を言った。

だって、おとーさんは「ありがとう」って言ってくれたもん。誰も見てないところで。

おとーさんが倒れる直前、亜希は呼ばれたのにすぐに行かなかった。テレビを見ていた。おとーさんは、いつも待ってくれたからだ。

嫁に来たかと思うと自分が倒れてしまったので、まるで介護させるための結婚みたいでアッちゃんに申し訳ないと、おとーさんはよく涙を浮かべた。

ほんとにそうだと亜希は内心不満で一杯だったが、十三も年上の男との結婚、それも二十歳でという決定を、両親はともかく友達全員から猛反対された。

「ロリコンじゃん、そいつ」と、吐き捨てられた。「そういう男は、あんたが三十過ぎたら捨てるんだよ、きっと」とか「絶対、先生みたいに教育しようとするよ。疲れるよ、そんなの」とか、わかったようなことをいろいろ言われたのを、ムキになって押し切ったのだ。簡単に引き下がれない意地があった。それで頑張った。

それに、おとーさんは言ったのだ。

「俺の財産といえばこの家土地だけだが、ここはアッちゃんにあげるよ」

「えー、ほんと？」

「ほんと、ほんと。アッちゃんはよくしてくれたから。サンクス・フォー・ザ・メモリーだ」

うふ。ありがとう。のつもりで、亜希は歌った。

サンクス・フォー・ザ・メモリー、オブ・フォールツ・ザット・ユー・フォーゲィブ。過ちを許してくれた、あのときの想い出をありがとう。

ボブ・ホープという百歳で死んだアメリカのコメディアンの持ち歌で、アカデミー賞主題歌賞も取っている名曲だということを、おとーさんに聞いた。倒れてからのおとーさんが発声のリハビリに歌いたいと言ったものだ。「英語でリハビリ？」と亜希は訝《いぶか》ったが、リハビリのトレーナーはやる気を出させるのが一番なので、歌いたい歌を特定するだけでもいいことだと言った。

おとーさんはウヤウヤと歌ったが、最初は全然わからなかった。亜希はネットで調べて『ハリウッド玉手箱』というボックスCDに収録されているのを知り、取り寄せておとーさんと一緒に毎日聞いた。そして、歌えるようになったのだ。

　オリジナルは映画主題歌らしく、ボブ・ホープとシャーリー・ロスという女優のかけあいだ。おとーさんの歌い方はいつまで経ってもウヤウヤとしか聞こえなかったが、亜希はシャーリーのパートを歌って、オリジナルの真似をした。

「サンクス・フォー・ザ・メモリー……はいいけど、わたしに全部なんて、おねーさんが黙ってないんじゃない？」

「あれはもう池田の人間だもの。それに、俺の最期を看取《みと》るのはアッちゃんになるだろうからね」

「おとーさん、口約束だけじゃダメだよ。遺書書いてくれないと。おねーさんが何か主張したら、この家じゃ勝てる人いないんだから」

「ああ、書くよ」

「死ぬ前にやってよ」

「うん」

　そう言っていたのに、おとーさんは約束を果たす前にころっと死んだ。

　おとーさんがそんな約束してくれたなんていくら言っても、嘘《うそ》だと思われるだろうな。一生懸命介護しても、何もいいことなかったじゃん。

お線香を絶やしてはいけないから、誰かがお棺のそばで夜明かしをしなければならないとかで、修平と仁美がつくことになった。あいている部屋に雑魚寝《ざこね》で泊まり込んだ従兄弟《いとこ》たちが何人か順繰りに付き合って、酒を飲みながらしんみりしたり笑ったりの話の花を咲かせている。居場所のない亜希は、自分のベッドにもぐり込んだ。

襖《ふすま》ひとつ隔てた部屋に、日割り計算でレンタルしていたおとーさんの介護ベッドがあった。死んだことを知らせたら、レンタル会社の人がすぐに引き取りに来た。その部屋には今、仁美の荷物が置かれている。

襖はいつも、細く開けてあった。「アッちゃん」という呼び声が聞こえたら、すぐに行けるように。亜希のことを、おとーさんはアッちゃんと呼んだ。舌がうまく動かないので、アキちゃんよりアッちゃんのほうが言いやすいからと。「アッチャー」とか「アッダー」とかになったが、亜希の耳にはいつだって「アッちゃん」と聞こえた。

でも、もう、すんだ。アッちゃんと夜中に起こされることはない。何も気にせず、いつまでだって眠っていられる。そのことになじめなくて、亜希は朝まで寝返りばかり打った。

3

葬儀の日は早く起きて支度をし、お寺に行って、かしこまって何度も頭を下げ、焼き場に行って骨を拾った。仁美の指令下、火葬証明書を取りに行ったり、待っている間のお茶の注文取りをしたり、ここでもスケジュールをこなすので精一杯だった。人が死んだだけでもオロオロしてるのに、こんなに忙しくさせてなんの得があるんだと腹が立つくらいだ。

骨になったおとーさんは、意外といい感じだった。骸骨《がいこつ》はお化け屋敷の定番だから、亜希も実は見るのが怖かったのだが、おとーさんの骨はちゃんとおとーさんで、頭蓋骨《ずがいこつ》の上に「アッちゃん」と呼ぶときの笑顔をそのまま見た気がした。

でも、ほっとしたのはそのときだけで、家に帰って初七日をやり、次々と帰っていく人に挨拶をしても、まだすることがある。香典返しの営業パンフレットがドサドサ届き、それを見た仁美の目の色が変わった。

お寺では、門前から式場まで仁美関係の政治家や会社社長といったおえらいどころからの供花《きようか》がずらりと並んでいた。弔電も、漆《うるし》塗《ぬ》りの高いやつが山をなしていた。それを見たときから、仁美のテンションは異様に上がっていたのだ。

自分の社会的影響力が、これほどおおっぴらになる晴れの舞台はまたとない。亜希はでかい名札のついた供花の写真を残らず撮るよう命じられた。

親族の席に座っていると、わざわざ新幹線に乗ってやってきた弔問客が何人かしずしずと現れ、仁美はますます舞い上がった。修平は次々にたいそうな肩書きのついた人物を紹介され、ペコペコ頭を下げた。親戚や友人などヒラの弔問客は恐れ入って「あれはどこそこの誰々」と囁きあいながら、仁美のステージを眺めた。

紹介された弔電は、ステータス、量ともに仁美あてのものが喪主の修平あてのものを上回った。

こうなったら、香典返しに気合が入る。仁美は香典返し業者を決め、打ち合わせをするために、しばらく実家に残ると宣言した。それは、亜希の長く続く災難の予告となった。

葬儀の経験が少ないから、亜希は香典返しというものがどのくらい進化しているか、まったく知らなかった。

あれって、お茶なんでしょう。でなければ、タオルケットとか。なんでそんなものに興奮するのかと思っていたら、仁美が指定したのは、料金ごとに商品を選べるカタログを送付する方法だった。

見てみると、確かにバラエティに富んでいる。千円台から五万円台まで料金設定が細かく分かれており、それぞれ一冊になっているその内容は通販のカタログそのもので、実用的なものからおしゃれ小物までかなり豊富だ。タオルケットひとつをとっても、色柄にバリエーションがある。

自分のものを選ぶなら、じっくり見るのは確かに楽しい。だが、どうせ人の手に渡るものだし、儀礼としての形なんだから簡単に決めてほしい。それなのに仁美は、個別に違ったものを送ると言ってきかないのだ。

人間とは、香典返しに何を送ってきたか話題にするものだ。

天下の池田仁美が、後援会のうるさがたや仲間や先輩の議員にありきたりのタオルケットなんか送れない。さすがは仁美だとうならせるものでなくては。役に立って、見た目はゴージャス、もらって嬉しく、しかも「あいつがあれで、なんで自分がこれなんだ」と恨みを買うことがないようバランスを重視しなければ。

仁美は百人はいる自分あての弔問客の名簿のひとりひとりに何を送るべきか、メモを取り始めた。かと思うと、すぐにメモ取り役を亜希に命じた。政治なんかやっていると、近くに侍《はべ》る人間はみんな秘書に見えてくるらしい。

「この人は香典五千円ね。ということは、二千円のカタログ見せて」「ここは連名で一律七千円。半端ねえ。でも、主婦のグループだからね。二千円てわけにいかないな。三千円のにしないと。こういう人ば、すぐにものの値段を調べたりするからね」「三万円！　奮発したわね。負けてられないわ。一万五千円のってあったっけ」

そのたびにカタログの山から該当するものを引き出し、広げて見せる。けっこう重くて、疲れる。そのうえ、仁美はその人物についてダラダラしゃべり、この人には漆の折敷《おしき》にしようか、それともブランドバッグにしようかと亜希の意見を求めるのだ。

亜希がどう思うかなんて訊かれたことは一度もないので、真に受けて真剣に考え、こっちにしたらどうですかと言うと「うーん、でもね」で、つまるところ自分で選んだものに落ち着く。

だったら訊かずに、一人でさっさとやってよね。なのだが、どんな大人物がどれだけの金額を包んできたかとうとうと自慢する一方、それに引き替え、日頃世話をしてやっている誰それが香典をケチったうえ、人に預けて顔を見せない、電話もかけてこない、正体が見えたと大悪口を並べる。

「亜希さんも、よく覚えておきなさい。こういうときに、きちんと誠意を示すかどうかで、その人がどういうレベルか格付けされるのよ。とくに葬儀のときは、しかるべき額のお金を出し惜しみせず、弔問もパスしたりしちゃダメ。行けなくても、型通りの弔電だけじゃなく、お悔やみの手紙を出すとか、あとでお線香をあげに行くとか、そういうことちゃんとしないと、笑われるのは川島の家なんだからね」

そんなことを言われても、亜希には地元や関係者の冠婚葬祭には抜からず手当をする政治家道を教えられているとしか思えない。あんたも政治家の弟の妻なんだから、そこらへんしっかりやってよと指図しているようなものじゃないか。

「あー、しんどい。でも、誰に何を送るか選ぶのって、ちょっと楽しいわね。サンタクロースになったみたい」

香典返しでしょう。もらった額の半返しでしょう。どこがサンタクロースよ。

とうとう、すべてが決まるまで三日かかり、その間、仁美はずーっと亜希にメモを取らせ、復唱させ、書き直させ、清書をさせ、かつ業者に連絡させた。本人は家に戻らないぶん、携帯による仕事方面遠隔操作で忙しいのだそうだ。

やっと終わって帰っていったとき、亜希は嬉しくて走り去る車に向かって万歳三唱をした。

あー、やれやれ。

ようやく静かになった家で、おとーさんの遺影とお骨に線香をあげた。

ヘルパーの立原さんは、もう来ない。修平はいつもの新聞記者暮らしに戻った。結婚しても働くつもりだったのに、おとーさんの介護が始まったから結局専業主婦になってしまった亜希は、いきなり家にたった一人でゴロゴロする暇人になった。

とはいえ、まだ年金だの健康保険だの生命保険だの、書類を揃えてあっちこっちに出掛けていかなければならない手続きのいろいろがある。加えて、葬儀に来られなかった人の弔問や電話やお供えの宅配便や書留が絶え間なく、頭も足元もフワフワしているのに手元には印鑑と現金というアブナイ日々がダラダラと明けて暮れた。

それだけだったら、なんとかやり過ごせたかもしれない。ところが、仁美の香典返し熱がヒートアップしっぱなしなのだ。

毎日、電話がかかる。カタログが豊富すぎるせいで、気が変わるのだ。そのうえ、あとから知って仁美に直接香典を渡す人がどんどん出てくる。そのたびに亜希は電話で、今まで誰に何を送ったか、あるいはカタログの内容はどんなに違うか、控えを見ては読み上げよ、コピーをとってファックスしろと命じられる。

そんなことの繰り返しで、亜希の答えが「えーと、それはちょっと待ってくださいよ」と混乱してくると、仁美はあからさまにヒステリックになった。

「あなたに任せてるのに、しっかりしてちょうだいよ」

任せられた覚えはない。亜希の堪忍袋は爆発した。

「わたしはおねーさんに言われた通りにやってるだけです。毎日毎日コロコロ変わるのを、そのたびに書き直して、相手に電話して、言われた通りにやってるじゃないですか。言っときますけど、わたしは有能な秘書さんじゃありませんから。頭悪いですから。わたしなんかに任せてたら、ぐちゃぐちゃになりますよ。香典返しにこんなに凝《こ》るなんて、自分を売り込むためなんでしょう。おとーさんが死んだのを利用してるんじゃないですか」

「あなた、なんてこと言うの」

仁美が金切り声を出した。怒ってるぞ。だが、電話対決で面と向かってないせいか、圧迫感に押されることなく、逆にいい気味だと余裕が持てた。もっと、いじめてやる。亜希は何かわめいている声を無視して、まくしたてた。

「おとーさん、この家はわたしにくれるって言ってたんですよ。おねーさんに訊かずに決めていいのかって言ったら、あれは池田の人間だからもう関係ないって。人生の最後には、わたしのほうがおとーさんの娘になっちゃった。わたしが、介護しましたもん。おねーさん、関係なかったもん。それなのにひと言のお礼もなしで、まだ人のことこき使おうってんだから、いい根性してるわよ」

おとーさんが言ったことを大幅にふくらませ、思いきり不満をぶちまけてやった。

仁美は絶句し、いきなり電話を切った。

ふん。ざまーみろ。亜希は受話器にあかんべをした。

川島家のものに喧嘩売られたことなんか、ないんでしょう。こんなガキっぽい、破れかぶれの開き直り方、修平にはできない。おとーさんにも。フリーター上がりの二十二のパッパラパーの娘っこじゃなきゃね。

何も怖くない。修平に怒られても、同じように子供っぽく言い返してやる。なにさ。ガキのわたしに惚れたんでしょう。だったら、こんな風にガキっぽくふくれたら、可愛くてたまらなくて愛情倍増するんじゃない。

亜希は誰もいない居間で、アイドル女優がやるようなわざとらしいふくれ顔を作った。

おとーさんの介護をした。たった二年だけど、やりきった。修平も仁美もちゃんとはしなかったことを、亜希がやったのだ。

ふくれる権利はある。

亜希は、そう思った。

4

仁美は翌日、乗り込んできた。

すでに電話でチクられていたらしく、いつもより早く苦い顔で帰宅した修平に言われて、亜希は渋々三人分の夕食として手巻き寿司の用意をした。が、「食べない」と言われることを予想して、自分だけ先に腹ごしらえした。

六時過ぎにハンドバッグひとつ提げてやってきた仁美は、無言でまっすぐ遺影と遺骨が置いてある仮祭壇に行き、線香をあげた。そして、長いこと祈っていた。

なにさ、わざとらしい。亜希はそっぽを向いて、ちゃぶ台に肘をつき、キュウリをかじった。

仁美は座布団にきちんと座ると「この際だから、言っておきます」と、修平と亜希両方に向かって重々しく切り出した。

「わたしは昨日、亜希さんにひどいことを言われました。お父さんが生きてなくてよかった。お父さんがもう何も言えないのをいいことに、あんな汚い言葉でわたしを侮辱するなんて。亜希さん、言っていいことと悪いことがあるわよ。あなたがお父さんの介護をしてくれたこと、わたしはちゃんと感謝してますよ。娘のわたしがなんにもできなくて、悪いと思ってましたよ。だからせめて、ヘルパー代は負担したじゃありませんか。ここの土地のことも、わたしは別に執着はないわよ。だけどね。お父さんが死んで、川島の直系はわたしと修平だけになったのよ。相続のことを持ち出して、姉弟の仲を裂くようないい加減なこと言うの、やめてちょうだい」

「姉さん、すまない」

亜希が言い返す前に、修平が頭を下げた。

「俺が悪かったんだ。亜希一人に任せて、俺はなんにもしなかった。亜希に感謝の言葉を言ったこともない。亜希は、俺に腹を立ててるんだ」

亜希はふてくされてつまみ食いする手を止めて、修平を見た。

そんな風に思ってるの？

修平は亜希に向き直り、正座してうなだれた。

「こんなつもりじゃなかった。こんな結婚にするつもりじゃなかったんだ。でも、結婚した途端に、親父があんなことになった。動けなくなって、気が弱くなって、亜希に媚《こ》びるように下手《したて》に出る情けない色ぼけジジイみたいになった。あんなじゃなかったのに。元気な頃は近寄りがたくて、病気になったら人が変わった。俺はとうとう、まともに話ができなかった。赤ん坊みたいにスプーンで食べ物を口に運ばれて、その半分をだらだらこぼすところや、下の世話をされるところを見ていられなかった。亜希には悪いと思ってたよ。悪いと思うから、かえって顔を合わせるのがつらかった」

「あんた、それ、介護の現場から逃げ出す役立たず亭主の典型じゃない。情けないわね」

即座に叱りつけたのは、仁美だった。

「そりゃあ、わたしたちの知ってるお父さんは付き合いにくい男だったわよ。わたしにへんに気を遣って、なんでも言う通りにして、なんだか距離があったわ。わたしのこと、怖がってるみたいで、面白くなかった。だけど、親じゃないの。みっともない姿になったのを見ていられないなんて、気が弱すぎるわよ。男がそんな風だから、いつまで経っても介護が女の仕事になっちゃうのよ。不公平じゃないの。面倒は見てもらうが、自分は見ないなんて。わたしは、女房に介護を任せるなら相応の報酬《ほうしゅう》を払えっていう法律があるべきだと思ってるのよ」

「そう言うおねーさんだって、介護しなかったじゃないですか」

亜希は鋭くつっこんだ。修平を責めてくれるのは嬉しいが、自分のことを棚に上げている。介護を亜希任せにしたという点では、修平も仁美も同罪ではないか。

「だから、家族だけの介護は難しいってことでいろいろな提案をしてるところなのよ。介護する側だって、働かなきゃ食べていけないんだもの。ねえ、こういう言い合いはやめましょうよ。わたしも修平も、亜希さんに感謝の言葉が足りなかったのね。それで、へそ曲げたんでしょう。謝るわよ。お父さんの遺骨の前で家族でもめるの、いやじゃない。わたしも悪かった。修平も悪かった。でも、亜希さん。あなたの逆ギレもあんまりよ。そのこと認めて、お互いに謝って仲直りしましょうよ」

こういうの、政治的っていうの? 亜希は釈然としない。結局、仁美に対しての暴言を謝れと言っているとしか思えない。

「介護をやらされたの、怒ってるんじゃない」

亜希は低い声で言った。

「うんちやおしっこにつきまとわれて、腰は痛いし足は攣《つ》るし、しんどかったけど、いい気持ちのときもあったもん。修ちゃんが言わなくても、おとーさんはありがとうって、ちゃんと言ってくれたから。縁側で日向ぼっこしながら、おとーさんの足の爪《つめ》切ったり、髭《ひげ》そったり、髪切ったりした。そういうときのおとーさんは、おしゃべりで可愛かったよ。ろれつはうまく回らなかったけど、昔話を一杯してくれた。薬品会社の営業で病院まわりして、看護婦さんにすごくモテた事、知ってる? おとーさんが洋楽ファンだったこと、知ってる?『サンクス・フォー・ザ・メモリー』って歌、知ってる? ボブ・ホープの持ち歌だって。おとーさん、歌ったよ。歌ってくれたよ」

メロディーもフレーズもウヤウヤ止まりで、とうとう最後までちゃんと歌えなかったが、リフレインのところだけは聞き取れた。

サンクス・フォー・ザ・メモリー。想い出をありがとう。

「おとーさん、わたしがお世話するのいやにならないように、いっつも笑顔で、わたしのこと笑わせようとしてたよ。それが媚びること？　そういうのが情けなかったの？　トイレに行って、うまくおしっこできて、リハビリパンツもちゃんとはき終えたときなんか、はい、よくできましたって自分で言って笑ったよ。だけど、頑張りきれなくて泣くこともあった。食べるのもトイレも、失敗すると泣いたよ。死にたいって、何度も泣いたよ。それでも、なるべく笑おうとしてたんだから。無理してたとしても、えらいじゃない。あんたたち、可哀《かわい》想《そう》だよ。実の子供なのに、おとーさんの一番いいところ、見なかったんだ」

亜希は一気にしゃべった。誰かに聞かせるのを待っていたように、どんどん出てくる自分の言葉に酔った。修平はもちろん、あの仁美が唇を固く結んで聞いているものだから、ますます意気が上がった。強気が最高潮になり、正面切って仁美に腹にあったことを言ってやった。

「わたし、謝らない。おねーさんが香典返しに夢中になるの、見てていやだった。おとーさんのこと悲しむより、自分の評判のことばっかり考えてる。誰かが死んだときに、いくら払った、何をもらった、ちゃんと義理を果たしたみたいなことがその人の評価を決めるって、そういう考え方があるだろうけど、わたしはこんなときに、そんなこと気にしたくないよ。おねーさんも、悲しくてお返し選ぶどころじゃないって風になってほしかった。修ちゃんだって、ちゃんと泣きなよ。この二年間、ずっとムッツリしっぱなしじゃない。おとーさん、死んじゃったのに、生きてるときと同じに離れたままで。悪いと思うんなら、わたしにじゃなく、おとーさんに謝ってよ。近づけなくて悪かったって」

そうだ。わたしが怒っているのはそういうことだ。亜希はそう思った。

みんな、自分のことばっかり。おとーさんの気持ち、考えた？

この中で、おとーさんのこと考えてるのはわたしだけだ。そう思うと、すごく気持ちがよかった。

お芝居だったら、この啖呵《たんか》で拍手が湧くところだよ。

仁美がすっと立ち、二階に上がった。階段が聞こえよがしにみしみし鳴った。

「亜希の親は、まだ死んでないよな」

修平がぽつんと言った。そんなこと、わざわざ言わなくても知ってるじゃない。

「親に死なれるとな、へんになるんだよ。へんになって、まともに悲しむこともできなくなる。俺もお姉ちゃんも、親父に感謝もしてるし罪悪感も持ってる。多分、親父もそうだろう。亜希ほど単純になれないんだ。ただ、亜希がいて親父は幸せだったと思うよ。亜希のおかげで俺も親孝行ができたと思う。そのことは忘れない」

それからチラリと亜希を見て、ふっと笑った。

「それに、羨《うらや》ましかったよ。倒れてからの親父が何かしゃべっても、俺には全然わからなかった。親父はじれて、黙っちゃうんだ。でも、亜希はわかって、笑ったりしてただろう」

「口の動きを見たら見当がつくよ。それで、こう言ったんだねって繰り返す。そうやってたら、慣れて誰だってわかるようになるんだよ。訊いてくれたら、コツ教えたのに」

なんで今頃、そんなことを。この人ったら、もう。亜希は残念でたまらない。だが、修平は苦笑いするばかりだ。

「どっちにしろ、親父には聞きそびれたことだらけだ。親と子って、そういうもんかもな」

そして、サバサバした様子で二階を指さした。

「ちょっと行ってくる。お姉ちゃんは政治家なんだ。あの弔電や供花の山は、それだけ付き合いが多くて大変だってことの証拠でもある。気を張って生きてるんだ。わかってやってくれって言うと、亜希はまた怒るな。四十九日すんだら、旅行にでも行こう。何かしたいこと考えといてくれ」

二階に上がる修平の歩調は静かだったが、階段はやはりみしみしと音を立てた。

おとーさんは倒れる直前、アッちゃんと言った。聞こえたのは「アッ」だけど、あれは絶対「アッちゃん」と言ったのだ。そして、亜希を見て和やかな目つきになった。

おとーさんがこの世の最後に呼んだのは、亜希の名前だ。最後に見たのは、亜希の顔だ。

これは、仁美に対する勝利宣言だ。言ってやろうと思って取っておいたのだが、機会がなかった。でも、もう言うまいと思う。それは、おとーさんと亜希だけが知っていることだ。

おとーさんと亜希だけが知っていることが、たくさんある。仁美と修平が知っていることのほうが多いだろうが、亜希に残された想い出は誰にも負けないと思う。亜希は半身不随のおとーさんが力を振り絞って生きるのに寄り添ったのだから。

ぼけたり、寝たきりで介護が大変な人の経験談を、介護雑誌やネットでたくさん見た。それに比べると、おとーさんの介護は楽だった。二年間だったたし、おとーさんもよく頑張った。

亜希はラッキーだった。

『サンクス・フォー・ザ・メモリー』の最後の歌詞はこんな風。描いた夢がかなったためしのない人生だけど、あなたに会えた。サンキュー、サンキュー・ソー・マッチ。

日の当たる縁側でおとーさんの足を膝に載せ、爪を切り終えて見上げると、おとーさんはやんわりと笑った。おとーさんの白髪頭が日の光を浴びて銀色に照り映えた。

あれも絶対、亜希がこの世の最後までお守りに持っていくメモリー。

初出一覧

Bランクの恋人（月刊J-novel　2002年11月号）

アイラブユーならお任せを（月刊J-novel　2003年12月号）

サイド・バイ・サイド（週刊小説　2001年12月28日号）

はずれっ子コレクター（月刊J-novel　2004年11月号）

ハッピーな遺伝子（月刊J-novel　2003年8月号）

利息つきの愛（月刊J-novel　2005年4月号）

サンクス・フォー・ザ・メモリー（月刊J-novel　2004年6月号）

二〇〇五年十月　実業之日本社刊（四六判）
二〇〇八年二月　実業之日本社刊（Ｊノベル・コレクション）

光文社文庫

Bランクの恋人《こいびと》

著　者　平《たいら》 安《あ》寿《す》子《こ》

2009年6月20日　初版1刷発行

発行者　駒　井　稔
印　刷　豊　国　印　刷
製　本　関　川　製　本

発行所　株式会社　光　文　社
〒112-8011　東京都文京区音羽1-16-6
電話（03）5395-8149　編　集　部
8113　書籍販売部
8125　業　務　部

落丁本・乱丁本は業務部にご連絡くだされば、お取替えいたします。
ISBN978-4-334-74599-8　Printed in Japan

組版　萩原印刷

お願い　光文社文庫をお読みになって、いかがでございましたか。「読後の感想」を編集部あてに、ぜひお送りください。

このほか光文社文庫では、どんな本をお読みになりましたか。これから、どういう本をご希望ですか。

どの本も、誤植がないようつとめていますが、もしお気づきの点がございましたら、お教えください。ご職業、ご年齢などもお書きそえいただければ幸いです。当社の規定により本来の目的以外に使用せず、大切に扱わせていただきます。

光文社文庫編集部

あさのあつこ　弥《み》勒《ろく》の月
明野照葉　赤道
明野照葉　女神
明野照葉　降《こう》臨《りん》
明野照葉　さえずる舌
有吉玉青　ねむい幸福
有吉玉青　月とシャンパン
井上荒野　グラジオラスの耳
井上荒野　もう切るわ
井上荒野　ヌルイコイ
上田早夕里　美月の残香
上田早夕里　魚《うお》舟《ぶね》・獣《けもの》舟《ぶね》
江國香織　思いわずらうことなく愉しく生きよ
江國香織選　ただならぬ午睡

恩田陸　劫《こう》尽《じん》童《どう》女《じょ》
角田光代　トリップ
桐生典子　抱擁
小池昌代　屋上への誘惑
小池真理子　殺意の爪
小池真理子　プワゾンの匂う女
小池真理子　うわさ
小池真理子　レモン・インセスト
小池真理子 藤田宜永選　甘やかな祝祭
近藤史恵　青葉の頃は終わった
近藤史恵　巴之丞鹿の子　猿若町捕物帳
近藤史恵　にわか大根　猿若町捕物帳
篠田節子　ブルー・ハネムーン
篠田節子　逃避行

光文社文庫

篠田真由美　すべてのものをひとつの夜が待つ
柴田よしき　猫と魚、あたしと恋
柴田よしき　風精《ゼフィルス》の棲む場所
柴田よしき　星の海を君と泳ごう
柴田よしき　時の鐘を君と鳴らそう
柴田よしき　宙《そら》の詩《うた》を君と謳おう
柴田よしき　猫は密室でジャンプする
柴田よしき　猫は聖夜に推理する
柴田よしき　猫はこたつで丸くなる
柴田よしき　猫は引っ越しで顔あらう
菅　浩江　プレシャス・ライアー
瀬戸内寂聴　孤独を生きる
瀬戸内寂聴　寂聴ほとけ径《みち》　私の好きな寺①
瀬戸内寂聴　寂聴ほとけ径《みち》　私の好きな寺②
瀬戸内寂聴 青山俊董　幸せは急がないで
瀬戸内寂聴 日野原重明　いのち、生ききる
曽野綾子　魂の自由人
曽野綾子　中年以後
大道珠貴　素敵
平　安寿子　パートタイム・パートナー
平　安寿子　愛の保存法
高野裕美子　サイレント・ナイト
高野裕美子　キメラの繭《まゆ》
堂垣園江　グッピー・クッキー
永井　愛　中年まっさかり
永井するみ　ボランティア・スピリット
永井するみ　天使などいない
永井するみ　唇のあとに続くすべてのこと
永井するみ　俯《うつむ》いていたつもりはない
仁木悦子　聖い夜の中で　新装版